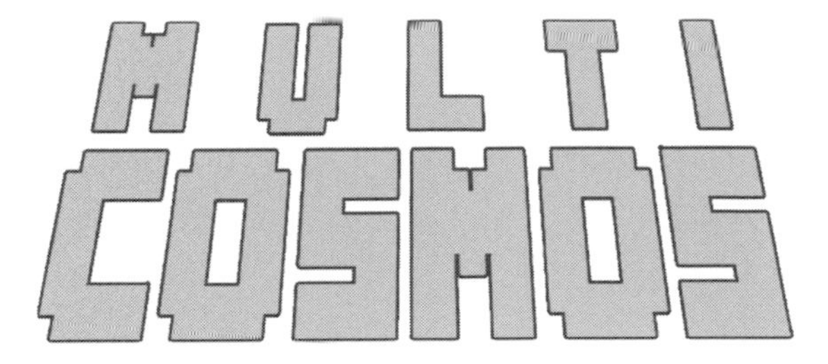

M

Ilustraciones de
Luján Fernández

Montena

El papel utilizado para la impresión de este libro ha sido fabricado a partir de madera procedente de bosques y plantaciones gestionadas con los más altos estándares ambientales, garantizando una explotación de los recursos sostenible con el medio ambiente y beneficiosa para las personas. Por este motivo, Greenpeace acredita que este libro cumple los requisitos ambientales y sociales necesarios para ser considerado un libro «amigo de los bosques». El proyecto «Libros amigos de los bosques» promueve la conservación y el uso sostenible de los bosques, en especial de los Bosques Primarios, los últimos bosques vírgenes del planeta.

Primera edición: septiembre de 2016

Printed in Spain – Impreso en España

ISBN: 978-84-9043-630-1
Depósito legal: B-11.855-2016

Compuesto en Compaginem Llibres, S. L.

Impreso en Limpergraf
Barberà del Vallès (Barcelona)

GT 3 6 3 0 1

Penguin
Random House
Grupo Editorial

Para Helena Buenamor,
la voz de MultiCosmos

<Un ruido muy raro>

Nunca subestimes el cerebro de un matón.

Salgo del laboratorio de puntillas, con cuidado de no llamar la atención. Los conejillos de Indias me miran con ojos suplicantes.

—No os gustaría estar en mi piel ahora mismo —les susurro.

Uno de ellos parpadea y se da la vuelta en su jaula; no sabe la suerte que tiene.

Llego hasta la escalerilla del final del pasillo y bajo los diez escalones en silencio. Me asomo a la esquina y compruebo que no hay moros en la costa. Despejado. Estoy a punto de continuar con la huida cuando los maullidos de treinta gatos torturados me paralizan con un pie en alto. Falsa alarma: es la sala de Música, ya ha empezado la clase de flauta dulce. Sigo con mi carrera.

Pero nada más girar a la izquierda, escucho el grito de alerta de un matón:

—¡Ahí está el friki! ¡A por él!

Repíxeles, toca correr otra vez. Pongo el turbo en dirección contraria y busco una puerta por la que escapar. Si estuviese en MultiCosmos, ya habría sacado la espada binaria para defenderme; pero esto es la vida real, aquí las armas son ilegales, y los matones me superan en fuerza y en número. En cerebro, no tanto; entre los tres no suman neuronas suficientes para atarse los cordones de las zapatillas. Pero ya los traen atados de casa, ¡y corren más rápido que yo!

Doblo la esquina del pasillo y corro lo más rápido que puedo (que no es mucho, la verdad, porque tengo que ir a gatas para que no me vea el profesor de plástica a través de los cristales). Los tres matones hacen lo mismo y casi me tienen en su poder. Para retrasarlos, arranco un puñado de chinchetas del corcho colgado en la pared del pasillo y las lanzo al suelo; los tres las esquivan como si nada. ¡Arf! Lo siguiente es interponer un banco entre ellos y yo, pero lo saltan sin problemas. Aprovecho que me cruzo con un alumno que carga a la espalda con una red llena de pelotas para arrebatárselas y lanzarlas contra mis perseguidores; consigo que uno de ellos pierda el equilibrio y caiga estrepitosamente, pero enseguida se repone; está más enfadado que antes. Los otros dos me pisan los talones.

No pienso permitir que me tiren de nuevo al cubo de basura orgánica, la última vez olí a pescado podrido durante semanas.

—¡No huyas de nosotros! —me dice el más enclenque del trío. Es igualito que una iguana estreñida—. ¡Queremos ser tus amiguitos!

—¡Pues envíame una solicitud de amistad, como todo quisqui!

He llegado a la biblioteca, y aprovecho mi pequeña ventaja para colarme dentro. La sala está casi vacía a estas horas, pero el bibliotecario no consiente que nadie tosa bajo pena de muerte. Se lleva el dedo a la boca nada más verme entrar.

—¡¡¡Chisss!!!

Finjo que he venido en busca de un libro y me escondo en el pasillo de Clásicos para darles esquinazo. En el hueco entre la P y la Q veo cómo los mandriles entran en la biblioteca y se paran en seco. A los tres se les pone cara de caída libre y se quedan muy juntos, atemorizados. Son de los que creen que leer perjudica seriamente la salud.

Entonces doy un paso atrás, cruje una tabla de madera bajo mi pie y sus ojillos hambrientos me descubren entre los libros. Antes de que el bibliotecario tenga tiempo de lanzarles un volumen de la enciclopedia a la cabeza, los tres se abalanzan sobre mí. Otra vez a la carrera. ¡Pensaba que con la clase de educación física de ayer había hecho suficiente ejercicio para el resto de la semana!

Me persiguen hasta el otro extremo de la biblioteca pisándome los talones y salimos por la puerta trasera. Acabo de batir mi propio récord en carrera de obstáculos (alumnos, cuadernos y mochilas) cuando el más rápido del grupo me alcanza al final del pasillo y me agarra de la mochila. *Game over*. Me levanta en el aire y pone su cara a un centímetro de la mía; sonríe como un maníaco.

—¿Te ibas sin decirnos adiós?

—Qué desconsiderado —comenta el cara-iguana. La carrera le ha puesto la piel color morado—. Nosotros sólo queríamos saludarte.

—Y pedirte un poco de tu bocata —concluye el cabecilla—. ¿Tan egoísta eres?

Los tres tienen aterrorizado a medio instituto. No son muy selectivos, así que cada día la toman con el primero que se cruza en su camino. Hay que reconocer que al menos no discriminan por sexo, raza o religión. En el instituto Nelson Mandela somos muy igualitarios.

—No deberías desobedecer a los mayores —me dicen con sorna—. Sabemos lo que te conviene.

—Una visita al contenedor será suficiente. ¿Qué hay hoy de comer? ¿Repollo? ¿Judías verdes?

—Me ha parecido ver tripas de cerdo —apunta otro con satisfacción. Siento arcadas del asco.

Me llevan colgando de la mochila cuando una figura menuda se interpone entre nosotros y la salida. Los tres matones se detienen en seco y me sueltan. Nadie presta atención a mi caída de culo, porque la profesora Menisco, la más vieja, gruñona y diminuta del instituto, nos mira con cara de uva pasa y los brazos en jarras. Ha salido del aula alertada por los gritos. Hay que ver lo afinado que tiene el sonotone.

—¿Adónde van tan rápido, jovencitos?

Me levanto del suelo, dolorido.

—Eh... Hola, profesora. —El cabecilla me da unas palmaditas en la espalda como si fuésemos los mejores amigos del universo—. Ya nos íbamos a casa...

—¿Antes de terminar las clases? ¿Y dando gritos? —A la profesora le brillan los ojos. Los cuatro nos echamos a temblar—. Lo que van a hacer es escribir quinientas veces

«No correré por el pasillo como un orangután». Para mañana a las ocho, y con buena letra.

—Pero ¡profesora...! —protesta el cara-iguana—. ¡No hemos hecho nada!

En su caso, añada algo más: «Esta comparación es un insulto para los simios».

Los tres matones se alejan malhumorados, mientras calientan la muñeca para el castigo. Cuando se encuentran lejos, intento ablandar a la Menisco para que me quite la pena, aunque es inútil con alguien que se educó en la Inquisición. Las súplicas y los lloros son ruido de lluvia para ella.

—Déjese de rollos. Sé perfectamente lo que pretendían esos tarambanas, pero si sólo los castigaba a ellos, podrían tomar represalias contra usted —me dice la anciana sin un atisbo de emoción.

—Entonces... ¿No estoy castigado? —La Menisco niega con la cabeza mientras entramos en el aula. ¡Casi me entran ganas de darle un beso! Sólo *casi*; sería muy raro besar a la profesora. Va contra natura—. ¡Gracias!

—No cante victoria tan rápido... —La profesora saca un folio de su maletín. Es un control de ecuaciones, tiene mi nombre y un cero rojo y enorme en el encabezado—. Para usted tengo otra tarea, jovencito. Va a venir el sábado a repasar la lección.

—¡¿El sábado?! Pero si es...

La Menisco no deja que termine la frase.

—Chitón, o también tendrá que venir el domingo. No pienso dejar que su suspenso me deje mal delante del resto de los profesores.

O, claro, no quiere que mi avatar disfrute más que el suyo. Porque la Menisco no es sólo la profesora más severa del instituto; también es Corazoncito16, una estrella de MultiCosmos, el videojuego social más famoso del mundo, y por lo tanto mi rival.

Pues sí que me ha durado poco la libertad.

Cojo el examen y voy a mi sitio, cabizbajo, mientras reparte el resto entre mis compañeros. Por lo menos no soy el único suspenso: Rebecca, la pija oficial del insti, ha sacado la misma nota que yo. Busco a Tebas en la primera fila: es el peor alumno de clase y sus ceros son un consuelo para mí, pero esta vez tiene un aprobado raspado. De algo le han valido los prismáticos para copiar exámenes.

Alex, a mi derecha, se muerde el labio y refunfuña porque *sólo* ha sacado un siete. Es mi mejor amiga, pero a veces me gustaría arrojarla dentro de una jaula de leones hambrientos.

—¿Dónde estabas? —me pregunta bajito cuando la profesora toma asiento y retoma la lección de matemáticas—. Te he escrito un millón de mensajes por el Comunicador, y ya sabes lo que odio usar el móvil en clase.

—Lo siento; la próxima vez les diré a los matones que quieres hablar conmigo para que me dejen en paz.

—¡Esos idiotas! —Alex suelta un puñetazo en la mesa. La profesora Menisco nos llama la atención desde la pizarra, así que bajamos el volumen de voz—. Si supiesen quién eres, seguro que no serían tan valientes.

—¿Y qué iba a hacer? ¿Derribarlos con un comando de

patada-tornado? Eso sólo sirve en la red. Lo único que puedo hacer en el mundo real es salir por patas.

Alex frunce el ceño, igualita que la elfa-enana de su avatar. Tanto ella como yo estamos registrados en MultiCosmos, el videojuego-red social más molón del universo (y del cosmos, por extensión). Nuestros Cosmics, que es como se conoce a los usuarios de la web, son dos estrellas megafamosas conocidas hasta en el planeta más recóndito, pero nuestra vida real no es tan emocionante. Para que los fans, los periodistas y los tarados no monten campamentos en la puerta de casa, tenemos que conformarnos con vivir en el anonimato como los dos chavales de trece años que somos, con los mismos exámenes de historia y las colas para beber de la fuente del patio que cualquier otro adolescente del mundo. Ni siquiera me puedo librar de los matones, aunque seguro que se hacen pis de la emoción cada vez que actualizo mi avatar. Si descubriesen que soy el Usuario Número Uno de MultiCosmos, les explotarían todas las espinillas de golpe (y me pedirían un autógrafo después).

Por suerte, el timbre del final de la clase nos salva de una tortura matemática y podemos salir del aula antes de que la Menisco nos mande resolver más ecuaciones. Alex y yo dejamos unos libros en nuestras respectivas taquillas y salimos airosos del Nelson Mandela.

Nada más doblar la esquina y perder de vista al resto de los alumnos, nos ponemos a hablar de MultiCosmos.

—¡Sidik4 y ElMorenus han confirmado su asistencia a la

CosmicCon! —chilla Alex, histérica, cuando lee las últimas notificaciones del móvil—. ¡No pienso despegarme del ordenador en todo el fin de semana!

—Gracias por restregármelo. Yo tendré que conformarme con imaginármelo desde el aula de matemáticas: la Menisco me ha castigado a una clase de refuerzo.

—¡No! ¿Le has dicho que la convención se retransmitirá en vivo? —Asiento, malhumorado. Mi profesora no atiende a razones—. Pues sí que le ha dado fuerte... Bueno, por lo menos llegarás a tiempo de ver las exhibiciones de saltos de avatar. He leído que van a estrenar nuevos comandos de lucha.

Los siguientes quince minutos los dedicamos a frikear sobre el gran evento de MultiCosmos, la CosmicCon. Cada año se celebran decenas de actos, pero ninguno como esta convención que está a punto de arrancar en Tokio. Una multinacional de electrónica ha convocado a los Cosmics más famosos sobre la faz de la Tierra y los va a juntar por primera vez en Japón. Alex y yo tenemos que conformarnos con las retransmisiones: la organización del evento nos invitó desde el primer minuto, pero ¿cómo vamos a presentarnos sin desvelar nuestra identidad secreta? Como siempre, nos tenemos que fastidiar y quedarnos en casa. El anonimato está muy bien, hasta que te pierdes las fiestas.

En realidad, sólo hay dos personas que tienen derecho a conocer mi identidad, y son papá y mamá (bueno, vale, y el abuelo). Llevo demasiado tiempo disimulando, y tanta mentira sólo me ha traído problemas. Siempre me quejo de que me tratan como a un crío, pero si no empiezo a ser sincero con ellos, no podré volver a quejarme. Es hora de que sepan que su hijo es el misterioso Cosmic del que habla todo el mundo.

Alex y yo cruzamos un parque mientras planeamos nuestra próxima excursión por MultiCosmos cuando, de repente, escuchamos un ruido entre la vegetación. Mi amiga se detiene en seco.

—¿Has oído eso?

—Habrá sido un perro —digo sin darle más importancia. Me volvería loco si tuviese que investigar cada ruido que oyese en un parque en medio de la ciudad como éste.

—¿Un perro subido a un árbol? —replica, muy seria. Tiene la mirada fija en un pino torcido con una copa del tamaño de una casa—. Ese sonido no es de ningún animal: ni una paloma, ni un gato, ni un loro, ni un...

—¿Vas a decir todos los animales que conoces?

El sonido se repite. Parece un aparato eléctrico que emite pitidos cortos, pero entonces se para y no lo volvemos a escuchar. La copa del pino es demasiado frondosa para ver con claridad qué esconde dentro.

—Será algún aparato meteorológico.

Seguimos nuestro camino sin volver a mencionar el tema, pero por la cara de preocupación de Alex, algo me dice que no acaba de creerse su propia excusa. Abandonamos el parque más rápido de lo normal, con la extraña sensación de que alguien nos está siguiendo.

Por la noche, una vez he terminado los deberes, decido que no lo puedo retrasar más. Mis mentirijillas piadosas no han hecho más que causarme problemas en casa: primero estuve a punto de perder el Tridente de Diamante, y después acabé en un horripilante campamento scout. Desde entonces busco el momento apropiado para decir la verdad: «Hola. Vuestro hijo es el archifamoso Usuario Número Uno de MultiCosmos. Había olvidado mencionarlo. ¡Hasta mañana!». Pero siempre encuentro una excusa para no hacerlo: papá está de mal humor por culpa del jet lag, mamá sale tardísimo de la redacción o el abuelo me interrumpe con una de sus batallitas. Cualquier excusa vale para posponerlo.

Sin embargo, cuando esta noche bajo y encuentro a papá y mamá en el salón, me entra un arrebato de valentía. Éste es el momento. Es hora de que conozcan mi secreto.

—¿Qué tal el día, cariño? —me pregunta mamá.

—¿Ha ido bien el control de matemáticas? —quiere saber papá.

Hago como que no he oído esto último.

—Papá... Mamá... Tengo algo que deciros.

Los dos levantan la vista de sus respectivas lecturas. He pronunciado las palabras mágicas.

—¿Qué ocurre, campeón?

Noto como me pongo morado por momentos. No puedo imaginar qué dirán cuando sepan que les he mentido durante los últimos meses.

—Pues veréis...

—¿Tiene que ver con tu amiga Alex? —Papá me guiña un ojo. Me muero de vergüenza. ¿Creerá que es mi novia?

—¡No, es otra cosa!

Los dos aguardan impacientes. Entonces suena el móvil de mamá, se disculpa y responde:

—¿Sí? Claro, claro... Oh, vaya... —Su expresión se va torciendo mientras habla—. Sí, sí, ponedlo en portada, titular a doble columna. ¡Qué fuerte!

Cuando cuelga, se ha olvidado por completo de mi anuncio.

—¡No te lo vas a creer! —me dice alterada—. ¿Te acuerdas que en verano desapareció uno de los Masters de la web esa que te gusta a ti, *TutiCosmos*?

—MultiCosmos —la corrijo.

—¡Pues ha aparecido muerto! ¡Estrangulado con el cable del ordenador!

De golpe me entra un mareo. Tengo que sentarme en el sillón para que la cabeza deje de darme vueltas. Mamá, que no sospecha mi implicación en esta historia, sigue contándome la noticia como quien cuenta una película:

—La policía ha encontrado las huellas de la Master sospechosa, una tal...

—Aurora —digo de pronto. Mamá asiente sin presentir nada.

—Las autoridades han ampliado la búsqueda de la asesina, aunque nadie imagina dónde puede estar. Podría encontrarse aquí mismo.

—En el desván —dice papá en broma—. ¡Tiene un ordenador para conectarse!

Los dos se ríen; sienten que la noticia los pilla demasiado lejos. Pero Aurora está más relacionada conmigo de lo que creen: el verano pasado la conocí y pasé muchas horas en su cabaña del árbol. Claro que entonces no sospechaba que fuese una Master de MultiCosmos (¡habría flipado para bien!), ni mucho menos una asesina (habría flipado también, pero para MAL). La noticia me pilla tan de sopetón que se me olvida a qué había bajado al salón.

—¿Qué nos ibas a contar? —pregunta papá, sacándome de mis pensamientos.

—Eeeh... Nada, nada.

—¿Seguro? —insiste mamá.

—¡Os quiero!

Me marcho de la sala de estar antes de que mamá me siente en el sillón y me someta a uno de sus legendarios interrogatorios (cuando me mira fijamente, soy incapaz de negar que me he comido todos los M&M's Crispy) y subo corriendo al desván.

Me siento en la silla, enciendo el ordenador e inicio sesión en MultiCosmos. El buzón echa humo con mensajes privados de Amaz∞na, la identidad Cosmic de Alex, y de Spoiler, mi *otro* mejor amigo (aunque él vive en Kenia y sólo nos conocemos virtualmente). Los dos se han puesto de acuerdo por separado para advertirme que tenga cuidado: Aurora señaló su siguiente víctima antes de huir, y el afortunado no es otro que yo. Tienen miedo de que pueda atacarme.

Mi avatar aparece en el último planeta desde el que me conecté, Beta. Fue mi premio del MegaTorneo; quedó un poco maltrecho después de una misteriosa explosión, pero con un manual de construcción y un montón de bloques, he conseguido que recupere su aspecto habitable. Aunque no se parece en nada al diseño inicial.

Por ahora no es más que una fría explanada de hormigón sin nada más que un torreón para estar a cubierto. Aun así, como el amo del planeta soy yo, ya me he ocupado de que no llueva hasta que cambie de idea.

Crea tu propio planeta. No te olvides de incluir una casa, una zona de juegos y un puñado de Mobs ayudantes.

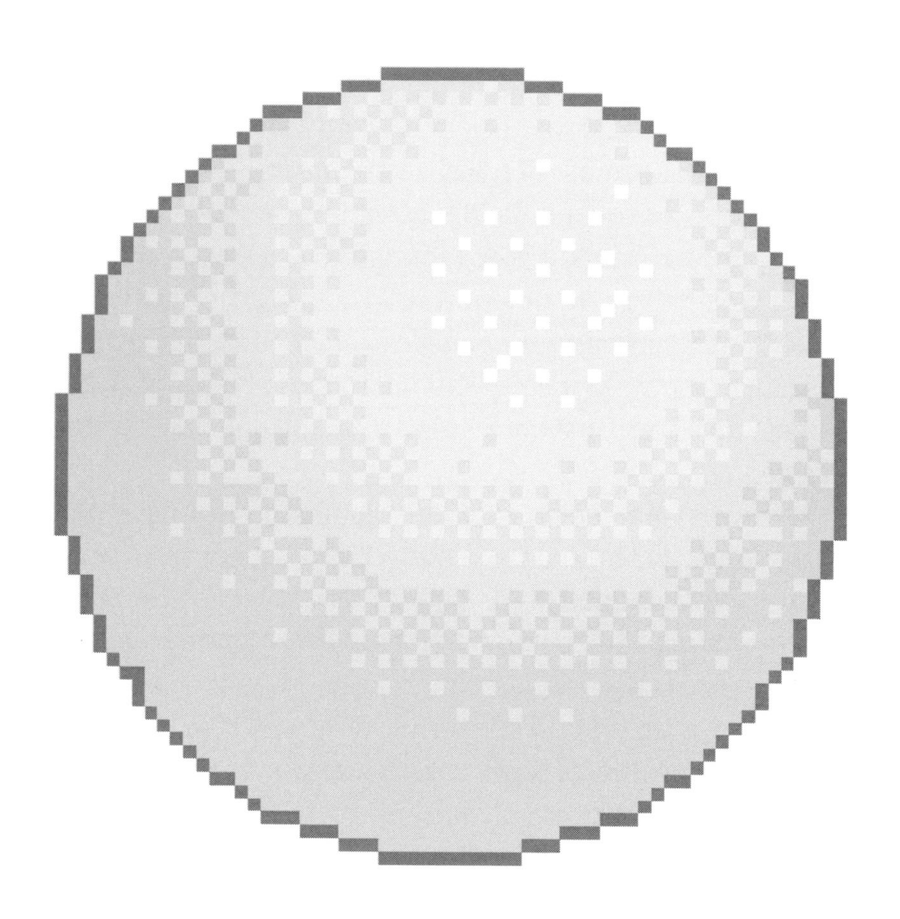

Aviso a mis amigos por el Comunicador y no tardan ni medio minuto en aparecer a mi lado. Son los únicos Cosmics con autorización para pisar Beta.

—¡Está pirada, tron! —exclama Spoiler, el ninja con sobrepeso. Ya se han enterado de la última noticia de Aurora—. ¡Es una asesina peligrosa!

—Querrás decir *muy* peligrosa —lo corrige Amaz∞na. Los dos me rodean y se ponen a hablar, sin parar de interrumpirse. Desde que los presenté, sus peleas son constantes. Amaz∞na no soporta el gusto de Spoiler por los combates, y Spoiler no traga con el rollito conservacionista de Amaz∞na. Son como la noche y el día, como la naturaleza e internet.

—¡¿Podéis callaros un rato?! —grito para hacerme oír. Me siento como en un chat de cotorras—. Gracias por meterme más miedo del que ya tenía. Nunca volveré a dormir tranquilo.

—Tienes que decírselo a tus padres —me advierte Amaz∞na. Con ésta ya me lo ha dicho 53.532 veces—. ¡Hay una criminal despiadada buscándote!

—Amaz∞na tiene razón —admite Spoiler con voz grave. Trago saliva. Mi situación debe de ser muy chunga para que los dos estén de acuerdo—. Tienes que andarte con cuidado. A esa tía no se le ha cruzado un cable, más bien la han reseteado para instalarle el software de Asesina en Serie. ¡Los Administradores y Moderadores están como locos por pillarla! ¡Por no hablar de los tres Masters supervivientes!

—Pero hay algo que no entiendo... —murmuro—. Si Aurora la tiene tomada con los otros Masters, ¿por qué quiere matarme a mí?

Spoiler y Amaz∞na se encogen de hombros. Éste es el punto del misterio donde siempre nos atascamos, aunque hasta ahora no teníamos la confirmación de que el Master Nova estuviese muerto de verdad. El hecho de que sea un fiambre oficialmente acelera las cosas.

—Eres el Usuario Número Uno, vale, pero ni con un trillón de Puntos de Experiencia podrías rivalizar contra un Master... —dice Spoiler, rascándose la frente—. No tiene sentido que te haya elegido a ti. A menos... —De pronto se le enciende una bombilla sobre la cabeza. Odio cuando usa ese comando—. A menos que crea que tienes el Tridente de Diamante, el arma invencible.

Me entra la risa sólo de pensarlo.

—Ojalá lo tuviese. —Echo una mirada significativa a mi amiga—. Se lo di a Amaz∞na nada más conseguirlo y no lo he vuelto a ver

—Es un arma demasiado peligrosa para usarla —murmura Amaz∞na, que me ha repetido lo mismo un millón de veces—. No sería justo que nadie...

—Pero ¿eso lo sabe la Master asesina?

Trago saliva: no es una mala deducción. Aurora no tendría por qué saber que me deshice del arma. Pero Amaz∞na no está tan segura.

—Es una Master, seguro que tiene modos de averiguar que el Tridente lo tengo yo. ¡Ellos lo saben todo!

—¿Estás segura? Aurora..., quiero decir, Enigma, no estaba con los otros Masters cuando me entregaron el premio. Es posible que ya estuviesen peleados. En ese caso, no sabría que te lo di después, y todavía creería que soy su dueño... Entonces puede que Spoiler tenga razón: ¡no me quiere a mí! ¡Quiere el arma invencible que cree que tengo!

Los tres guardamos silencio por un segundo. Por uno solo, que nos gusta demasiado hablar.

—Es una locura... —susurra Amaz∞na. Tiene la voz rota—. ¿Creéis que es capaz de matar a una persona *real* para conseguir el arma de su Cosmic? ¿Qué haría para arrebatártela? ¿Matarte a ti también?

—¡¡¡SÍ!!! —decimos Spoiler y yo a la vez.

Amaz∞na retrocede alarmada. Demasiada violencia para ella.

—No sé cuáles serán sus intenciones, pero más te vale estar alerta —me advierte, más seria de lo habitual—. Aurora... o Enigma, como quieras llamarla, podría estar ahora mismo en la puerta de tu casa. Ya no se trata de un peligro virtual. Ella podría atacarte en el mundo real, donde no tienes nada con lo que defenderte.

—Bah, eso es imposible —le digo tranquilo—. Nadie sabe que yo soy el Usuario Número Uno. Te recuerdo que vivimos de incógnito.

—¡Tú mismo se lo contaste este verano! —Cierto. Pifiada épica—. Además, aunque estén peleados, ella sigue siendo una Master, y tiene sus propios métodos para informarse. ¿Cómo, si no, te encontró en el campamento scout?

¡Repíxeles, no había pensado en eso! Una bola del desierto pasa rodando a nuestro lado. Siempre quise tener un planeta para poner una.

—Bueno, no os alarméis —replico, poco convencido—. Después de todo, pudo matarme y no lo hizo.

Pero la elfa-enana me abraza como si estuviese en peligro de muerte y me dice:

—Por favor, ten cuidado.

—Tranqui. No va a pasar nada...

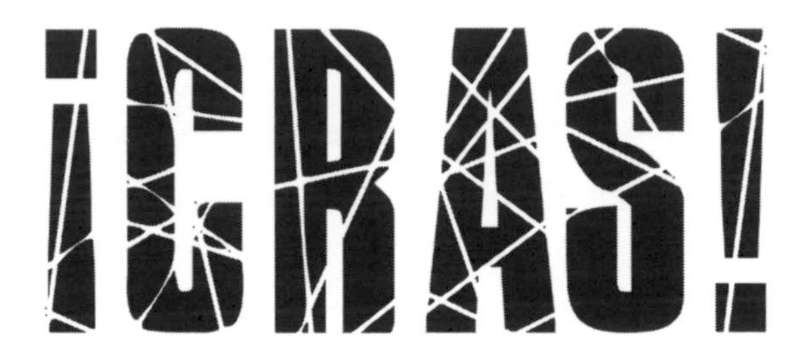

<Un dron nunca llama a la puerta>

El cristal de la ventana del desván ha saltado por los aires. Me llevo tal susto que me tiro debajo de la mesa del escritorio y me pongo a temblar. ¿¿¿Qué ha sido eso??? Abajo, mi familia pregunta si todo va bien.

Pero no, no va bien. Va fatal.

Un ruido de sierra mecánica inunda el desván. Ya me imagino a la Master asesina preparada para hacerme picadillo. ¡Amaz∞na y Spoiler tenían razón! ¡Viene a matarme! Tardo un minuto en levantarme de detrás de la silla, agarrado al respaldo para atreverme a mirar.

Pero, en lugar de la asesina, sólo veo un trasto electrónico que flota en el aire propulsado por cuatro hélices.

Es un dron. Un puñetero dron.

El aparato se tambalea unos instantes hasta que gira y me enfoca con su objetivo. Trago saliva cuando veo que la luz roja parpadea y se acerca de un impulso hasta el extremo de la habitación, donde me encuentro junto al ordenador.

Retrocedo contra la pared, muerto de miedo. ¡Sí, estoy asustado! Puedo escuchar las voces de Amaz∞na y de Spoiler por los altavoces preguntándome qué me ha pasado. Los gritos han llegado hasta MultiCosmos.

Estoy listo para que el dron me dispare y me trocee si hace falta, pero en vez de eso, la luz roja cambia a verde y se abre una pantalla en la parte inferior del chisme. Entonces aparece la cara de un tío que conozco bien, con su ojo en mitad de la frente y su corona de llamas. Es Celsius, el Administrador Supremo de MultiCosmos, quien, no contento con bombardearme a mensajes por la red, se ha atrevido a volar por los aires la ventana del desván de mi casa y presentarse en forma de tostadora con hélices.

—¡Conque estás vivo!

Por su tono de voz, no estoy seguro de que se alegre demasiado.

—Sí, es mi estado natural. Y por si no te has dado cuenta, te has cargado la ventana.

El dron saca un dispositivo de sus tripas para escanear la habitación del desván de cabo a rabo. Debe de quedar satisfecho, porque en la pantalla aparece un «SIN PELIGRO INMINENTE... POR AHORA» que me pone un poco nervioso.

—Hemos recibido la alerta de que Aurora Aube está en el vecindario. —La noticia me sacude el estómago. Se confirman las sospechas—. Hace un rato la han visto en un parque cercano. Estaba subida a un pino cuando un vecino ha alertado a la policía, pero ha huido sin dejar pistas. Temíamos que te hubiese atacado.

Me están entrando mareos. Soy un chaval de trece años; se supone que debería estar preocupado por aprobar matemáticas y no por una cibercriminal que me quiere bien muerto.

—Lamento decirte que esa Cosmic ha publicado varios mensajes en internet jurando venganza contra ti, y es mi trabajo garantizar tu integridad física —dice Celsius desde la pantalla del dron—. ¿Y si levantamos un muro alrededor de tu casa e instalamos cámaras de seguridad? No tendrías que volver a salir jamás, nosotros nos encargaríamos de traerte comida.

—¿Cómo? Tengo que hacer un montón de cosas. —No se me ocurre ninguna. Mejor cambio de tema—. Eres el Administrador Supremo de MultiCosmos. ¡Tienes que detenerla como sea!

—Esa delincuente es más escurridiza de lo que crees...

Curioso modo de referirse a la que era su jefa hasta hace poco.

Para empeorar las cosas, mamá, papá, el abuelo y mi hermano Daniel aparecen de pronto en el desván, atraídos por los ruidos. Los cuatro se quedan congelados al encontrarme hablando con un dron. No los culpo, y eso que he hecho cosas muy raras.

—¿Qué demonios es eso? —pregunta el abuelo. Como abra más la boca, se le va a caer la dentadura.

—Es un dron, abuelo. Es un trasto volador no tripulado —dice mi hermano, que es un listillo.

Pero ni el abuelo ni mis padres esperan una descripción técnica del aparato. Lo que quieren saber es qué hace un tío con tres ojos hablándome por una pantalla voladora, después de haber hecho añicos la ventana.

—Buenas noches —los saluda Celsius, que ha girado el dron hacia ellos. El aparato se inclina ligeramente, lo que interpreto que es su modo de saludar—. Vosotros tenéis que ser la familia del Usuario Número Uno.

—¡¿Del *qué*?! —chilla Daniel, que ya no parece tan listo. La cara de los cuatro es de un alucine total. Me va a caer una bronca antológica.

—¿No os lo ha dicho? —Celsius sonríe de satisfacción. No me queda más remedio que echarme las manos a la cabeza y esperar a que pase el temporal—. Este chico de trece años es el Cosmic más famoso de MultiCosmos, una estrella mundial. —Papá y mamá niegan con la cabeza. Están flipando en toda la paleta de colores—. ¿Cómo que no?

Mamá tiene que sentarse en la silla del ordenador para coger aire. Papá tarda un poco más por culpa del jet lag, pero explotará en aproximadamente tres minutos.

—A ver si lo he entendido, señor Dron...

—Puedes llamarme Celsius.

—Usted se presenta aquí... sin avisar... Por lo menos podría haber llamado al timbre, ¿no? —El Administrador Supremo ni siquiera pestañea—. Y además se atreve a acusar a mi hijo de ser el criminal más buscado sobre la faz de la Tierra.

Uy, ahora sí que se ha liado.

—Esto... Mamá, creo que te confundes con la Master asesina. Yo solamente soy el Usuario Número Uno, su futura víctima.

—Ah, bueno... —A mamá le cambia la cara de pronto—. ¡¿CÓMO?!

Mi familia necesita una hora para asimilar que yo soy el Cosmic misterioso del que todo el mundo habla. Nunca podré borrar de mi retina la imagen de los cuatro atendiendo las explicaciones de un dron flotando en medio del desván.

—Pero hay algo que no entiendo —dice papá, después de que Celsius, pacientemente, le haya repetido cada frase cinco veces—: ¿por qué esa mujer querría hacer daño a nuestro hijo? ¿Qué le ha hecho él?

—La criminal Enigma... —Celsius por fin se da cuenta de que pierde el tiempo hablando de nicks Cosmics a mis padres—, perdón, la criminal Aurora Aube es peligrosísima. Ha conseguido huir en varias ocasiones cuando los miembros de seguridad la tenían acorralada, y la policía cree que podría ser capaz de cualquier cosa. No sabemos qué pretende, y mucho menos por qué la ha tomado con este chico. —Celsius me mira con desprecio, como si él tampoco se lo explicase. ¿Tendrá celos de mí?—. Siento haberme presentado de este modo, pero la Brigada de Seguridad de MultiCosmos tiene datos suficientes para pensar que Aurora podría presentarse aquí de un momento a otro.

—No puede ser. Tenéis que protegerlo —protesta el abuelo, que hasta el momento no había hablado—. ¡Pero si sólo es un niño!

—Adolescente —matizo—. Preadolescente.

—Lamentablemente, no es tan sencillo —continúa Celsius—. Los tres Masters buenos no han tenido ninguna dificultad para rastrear la ubicación del Usuario Número Uno desde el panel de administración. Así he podido venir hasta aquí para advertirte —me dice directamente a mí—. Por desgracia, Enigma o Aurora, como prefiráis, también es Master, a pesar de haber asesinado a su compañero Nova y traicionado a los demás. Eso significa que tiene acceso a la misma información que los otros tres, y podría presentarse aquí en cualquier segundo. Hay que activar el protocolo de seguridad.

Resoplo frustrado; el cuerpo me tiembla como un móvil en modo vibración. Mamá y papá se intercambian miradas apocalípticas, y el abuelo está blanco como los merengues que cocina. El único que se mantiene ajeno al drama es mi hermano Daniel, que ha aprovechado la distracción para sentarse delante del ordenador y ver vídeos de trompazos.

—Por favor, díganos qué podemos hacer para proteger a nuestro hijo. —Nunca había oído a mamá con la voz tan rota. Me abraza tan fuerte que me va a asfixiar—. ¡Lo que sea!

—Bueno, hay que reconocer que Enigma es una asesina despiadada... Dudo que podamos igualar su cerebro.

—¡Por favor! —le ruega papá.

Celsius no se deja avasallar.

—Hay una posibilidad... —El tercer ojo se achica en su frente—, aunque no es sencilla. El Usuario Número Uno...

—¡Llámelo por su nombre! —chilla mamá, fuera de sus casillas—. Mi hijo se llama...

—... Podemos garantizar su seguridad durante unos días, mientras rastreamos a Aurora y la cercamos. Él estaría en el lugar más protegido del mundo, rodeado de las más severas medidas de seguridad. —Mi familia y yo contenemos el aliento. El único que rompe la tensión es Daniel, que se está meando de la risa con el vídeo de un chino cayéndose escaleras abajo—. Aunque para eso tenemos que llevarlo a la CosmicCon, el evento que se celebrará este fin de semana en Tokio. Allí estará lejos de Aurora hasta que consigamos atraparla, disfrutando del anonimato y con suficiente protección para que nadie se le pueda acercar.

Se hace un silencio raro. Mamá y papá me miran preocupados, como si ya tuviese a la Muerte chocándome la mano.

—¿CosmicCon? —Me froto los oídos. Es la mejor noticia del mundo—. ¡Me muero de ganas por ir!

Estoy tan feliz que olvido la amenaza de muerte y me pongo a hacer el baile de la zarigüeya delante del dron y de mi familia. ¡La CosmicCon es el evento más flipante del mundo real!

Solamente cuando veo la cara de alucine de los demás me pispo de que a lo mejor no es momento de celebraciones.

—Pueden estar tranquilos —dice Celsius. Considerando que tiene tres ojos y que habla a través de un cacharro volador, no sé si es la persona más indicada para decirlo—. Su hijo estará protegido en la otra punta del mundo mientras nuestros miembros de seguridad terminan de dar con la asesina. Además, me informan de que no viajará solo... —El avatar se lleva la mano a un pinganillo—: Amaz∞na acaba de confirmar su asistencia a la CosmicCon. Otro dron se encuentra ahora mismo en su casa hablando con su familia.

—¿Amaz∞na? —pregunta papá—. ¿Esa es tu amiga Alex?

Mamá y él no están dispuestos a aceptar hasta que se aseguren de que iré acompañado. Todos bajamos en fila india hasta la planta baja, con el dron siguiéndonos en el aire, y escuchamos a papá hablar con Patricia, la madre de Alex. Son los cinco minutos más largos de mi vida.

—¿Y qué adulto los acompañará? —Silencio—. Ah... Vaya. ¿En serio? Si no tiene inconveniente...

Papá y mamá están muy ocupados en su trabajo, así que doy por hecho que nos acompañarán o Patricia o Sara, las madres de Alex. Pero lo último que podía imaginarme cuando cuelga es que nuestra «tutora legal» será precisamente...

—La profesora Menisco. ¡Se ha ofrecido a acompañaros! —anuncia papá. El corazón me da un vuelco con *looping* incluido—. ¡Qué amable es esa señora!

—¿Mi profesora de mates? ¡No puede ser! Seguro que la Ley de educación lo prohíbe —sugiero, esperanzado.

—Por lo visto, sí que puede; además, me acabo de enterar de que el fin de semana tenías pendiente reforzar un temario con ella. Así podrás hacerlo igualmente, aunque sea en Tokio.

—Tiene que ser una broma. ¡Es un vejestorio!

Sin embargo, a papá y a mamá les parece una idea fantástica, ya que ellos no me pueden acompañar, y de ningún modo quieren que esté en el mismo país y continente que Aurora. La profesora Menisco no sólo es mi profesora de matemáticas, también es una Cosmic adicta a los planetas de ingenio que todos en MultiCosmos conocemos por Corazoncito16. Hace tiempo que mantenemos una guerra fría virtual al margen del instituto, y no se me ocurre ser humano más muermo para acompañarnos a la CosmicCon.

—¿Un vejestorio? —Al abuelo se le encienden los ojos. ¡Alerta! Viudo a la caza—. ¿Y yo también podría ir?

Busca en internet la combinación más rápida para viajar c

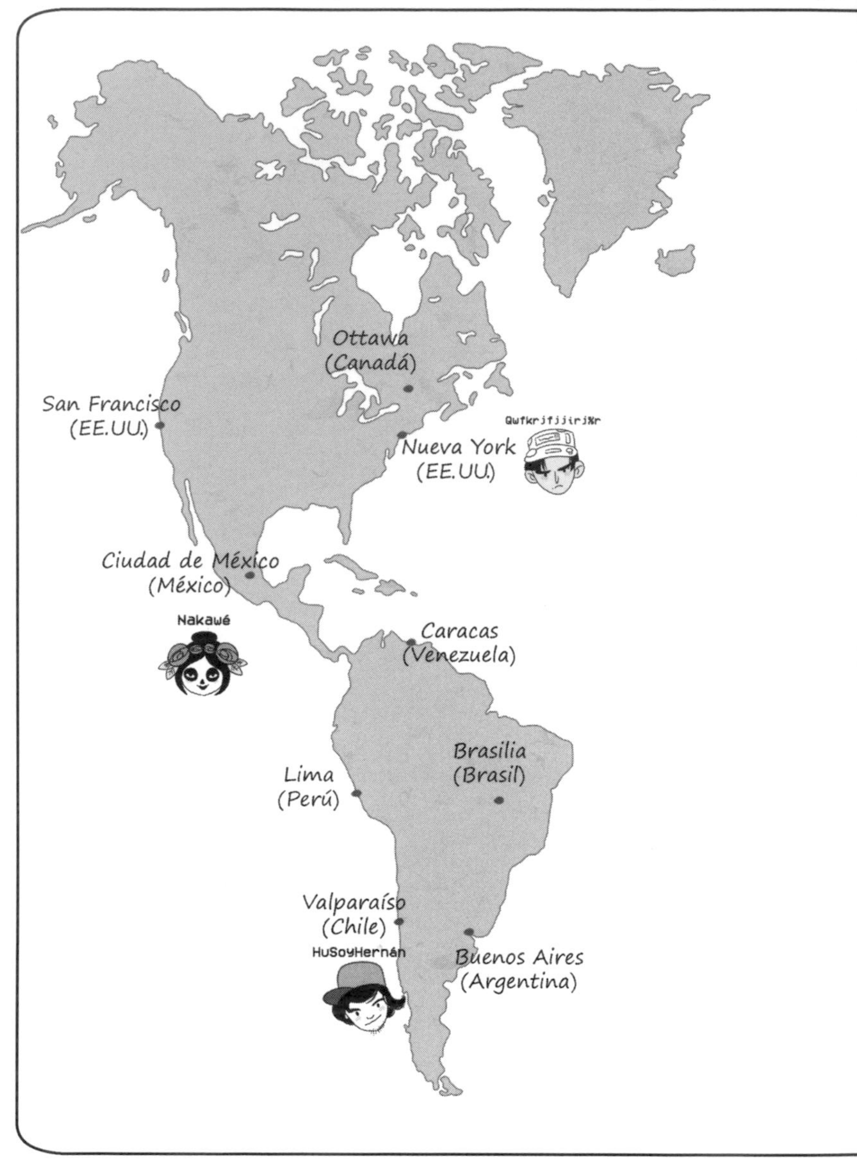

a de tu casa a Tokio y dibuja la ruta en el mapamundi.

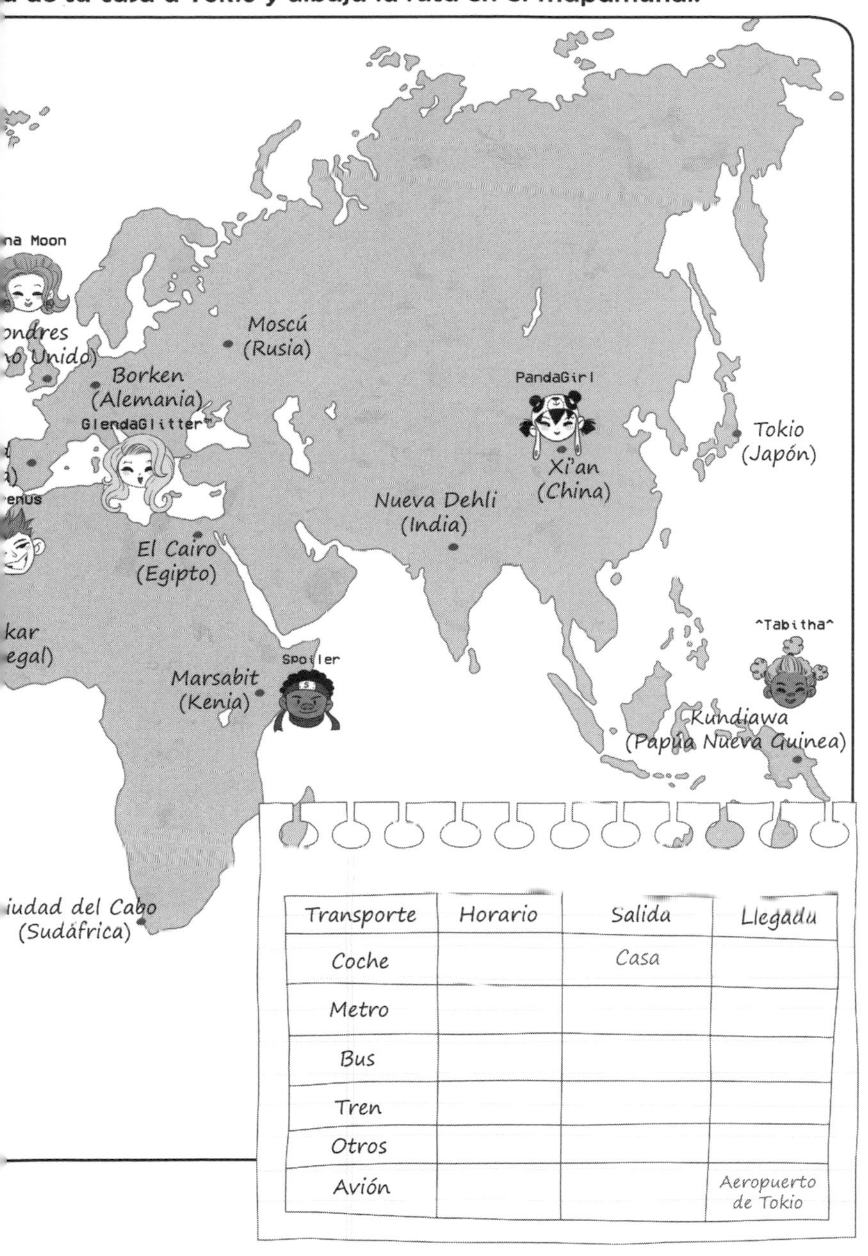

Transporte	Horario	Salida	Llegada
Coche		Casa	
Metro			
Bus			
Tren			
Otros			
Avión			Aeropuerto de Tokio

<Prohibido pisar la cinta de las maletas>

Menos de veinticuatro horas después, Alex y yo, junto con nuestras respectivas familias, ya estamos en el aeropuerto, concretamente en la zona VIP para garantizar nuestro anonimato. Aunque la sala se encuentra prácticamente vacía, estamos rodeados por dos tíos de la Brigada de Seguridad de MultiCosmos armados hasta los dientes. El jefecillo masca un puro apagado y da más miedo que la Chica de la Curva. No quiero saber lo que ocurriría si a alguien le diese por acercarse a pedirnos la hora.

—Muchas gracias por ir con ellos —les dice Sara a la Menisco y al abuelo, nuestros acompañantes de la tercera edad—. Espero que Alex no cause problemas.

¿Problemas? ¿¿¿Alex??? Cuando papá y mamá oyen eso, me miran con cara de «Ni se te ocurra liarla». La mitad del equipaje de la profesora Menisco son cuadernos de matemáticas: me va a meter las raíces cuadradas por la fuerza. Así va a ser imposible disfrutar ni un poco de Japón. Lo que no podía imaginar es que esta clase de refuerzo fuera a tener un alumno adicional. Cuando estamos a punto de facturar las maletas, con mamá abochornándome al contar mis calzoncillos delante de Alex, aparece una chica de nuestra edad, vestida con ropa de marca y unas gafas de sol que le cubren hasta la barbilla, y se planta a nuestro lado. Tardo unos segundos en reconocerla, los que necesita ella para ponerse a protestar.

—¿Podemos irnos ya? —Rebecca, la pija insoportable de mi clase, se oculta detrás de sus cinco maletas. No sabemos a quién busca desde su escondite—. Por favor, ¡que no me vea nadie con vosotros!

Alex y yo nos intercambiamos miradas de asombro hasta que la profesora Menisco nos da una explicación, para disgusto de nuestra compañera de instituto:

—Esta jovencita no iba a librarse de mi clase de refuerzo del sábado sólo porque yo me encontrase en Japón. Su padre se ha ofrecido a pagar los gastos de su viaje, de modo que podremos repasar la lección desde allí.

Rebecca me mira con asco. Apuesto a que su padre está encantado con la idea de librarse unos días de ella, cueste lo que cueste; es el directivo de una multinacional de productos *light* y escribe la lista de la compra sobre billetes de quinientos euros. Bueno, eso si escribe la lista de la compra, claro, porque dicen que tiene un supermercado dentro de su propia casa.

—Todavía no me puedo creer que seáis los frikis archifamosos de MultiCosmos —dice con una mezcla de envidia y asco.

—Debe mantener el secreto para su seguridad, Rebecca —le advierte la profesora, pero la pija ya no escucha: se baja la visera de la gorra, se sienta sobre una maleta y se pone a teclear su móvil sin parar.

Por megafonía nos comunican que debemos embarcar

en breve. Dejamos el equipaje, nos despedimos de nuestras familias (mamá me hace jurar que la llamaré ochocientas veces al día) y nos dirigimos a la puerta de embarque.

El abuelo, la Menisco, Rebecca, Alex y yo formamos el grupo más raro a este lado del hemisferio.

El vuelo a Tokio dura más que un día sin internet; aun así, papá es amigo de la tripulación y ha conseguido asientos en primera clase, con conexión a la red. Cada uno de nosotros escoge rápidamente uno de los sillones de cuero, a excepción de Rebecca, que elige tres.

Además, disponemos de una pantalla individual en cada asiento, así que antes que la azafata nos diga qué hacer en caso de colisión con un ovni, Alex y yo ya estamos iniciando sesión y nuestros avatares aparecen automáticamente en MultiCosmos. Es muy divertido hablar con la elfa-enana de Amaz∞na cuando tengo a la Alex real en el asiento de al lado.

Queremos enterarnos de los últimos cotilleos de la CosmicCon, así que nos subimos al Transbordador y ponemos rumbo a GossipPlanet, el planeta de los chismorreos. Pero cuando cruzamos de incógnito la avenida principal y llegamos hasta El Emoji Feliz, mi antro favorito del universo, la palabra más repetida entre los clientes no es «CosmicCon», como podía esperar, sino una nueva para mí: «MultiLeaks». Es el *trending topic* del pub.

—¿De qué hablan? —me pregunta Amaz∞na al oído. No es plan que dos de los Cosmics más populares de la red queden como pardillos delante de un montón de matones—. ¿MultiLeaks?

Le hago la pregunta a la holopulsera de mi muñeca, que no tarda en encontrar la respuesta en la red:

MultiLeaks: (del inglés leak, «fuga», «goteo», «filtración [de información]») es una organización mediática internacional sin ánimo de lucro, que publica informes anónimos y documentos filtrados con contenido sensible sobre MultiCosmos.

Amaz∞na y yo elegimos una mesa minúscula junto al tablao del emoji de la flamenca para ponernos al día lejos de las miradas indiscretas del resto de los clientes. MultiLeaks resulta ser un filón de información más jugoso de lo esperado. Después de suscribirnos a través de las ondas clandestinas, leemos un titular detrás de otro, a cada cual más impactante.

—¡Vaya! Aquí pone que el Tridente de Diamante se pagó con dinero negro —dice la elfa-enana. Esperamos a que la Mob camarera termine de servirnos los zumos de pantone para seguir hablando. En el avión, el azafato también nos está sirviendo las bebidas—. ¡Ésta también es buena! ¿Sabías que los Administradores de MultiCosmos mantuvieron reuniones secretas con estrellas del baloncesto para que entrenasen una vez a la semana en la red?

—Bah, qué aburrimiento —respondo. Las noticias de deportes siempre me dan sueño, aunque sean virtuales—. Estos MultiLeaks tampoco cuentan nada del otro mundo. —Sigo leyendo—: «Lista clasificada de trolls». ¿A quién le importa? Ya los conocemos a todos; «La *celebrity* GlendaGlitter™ hizo trampas». ¿Quién no sabía esto? Menudos genios estos periodistas; «La Master Enigma lanza una nueva amenaza: "Terminaré con el Usuario Número Uno antes de medianoche"». Qué. Qué. ¡¿QUÉ?!

La noticia me deja tan sorprendido que en un acto reflejo echo el refresco por la nariz. La cascada alcanza a Rebecca, que se pone histérica, aunque no sé por qué: tiene tanta ropa que no repetiría conjunto en un año.

Alex y yo analizamos la dimensión de la amenaza.

—¿Sabrá que nos dirigimos a Tokio?

Alex se cruza de brazos, pensativa.

—Celsius nos aseguró que nuestro viaje sería secreto. Seguro que lo ha dicho sólo para meterte miedo, y no tiene ni idea de dónde estás...

Me entran escalofríos sólo de pensarlo.

—¿Y si se hubiese enterado? —Mi amiga no se atreve a responder, y eso confirma mis temores—. ¿Puede que la Master asesina esté... en este mismo avión?

Los dos comenzamos a mirar a nuestro alrededor como locos, incluso a los compartimentos del equipaje de mano. Pero la profesora Menisco, que tiene los sentidos hiperdesarrollados después de tantos años vigilando exámenes, se da cuenta y nos pregunta si pasa algo.

Alex y yo negamos rápidamente; no queremos que cancele el viaje a Japón y busque otro destino más seguro. Estamos demasiado ilusionados con la CosmicCon. Por fin conseguimos que se olvide de las preocupaciones y continúe conversando con el abuelo, que no puede disimular su interés por mi profesora de matemáticas. Está descongelando las hormonas después de siglos sin ligar.

—Es imposible que se haya enterado de nuestro viaje —me tranquiliza Alex en voz baja—. Confiemos en el plan. Seguro que Aurora está ahora mismo en el parque de la ciudad, esperando a que pases de camino al instituto.

Pero la amenaza de la Master nos quita las ganas de hacer nada más, y el resto del vuelo lo pasamos mirando al pasillo. Tampoco me atrevo a probar la comida del avión.

—Estás exagerando —dice Alex mientras pincha con el tenedor de plástico una col de Bruselas de su bandeja—. ¿Cómo iba a envenenarla Aurora?

—Ah, no, si yo no creo que la haya envenenado. Si no me la como, es porque está asquerosa.

Después de más de doce horas, el avión llega al aeropuerto internacional de Tokio. Tras aterrizar, el piloto suelta unas palabras en japonés que no sé si son el parte meteorológico otoñal o un montón de insultos. Nos ponemos en pie, bajamos del avión y nos dirigimos a la terminal para coger nuestras maletas.

Mi primera impresión de Japón es que no entiendo nada: los paneles están escritos en japonés; la gente que nos rodea parecen clones japoneses; un robot de limpieza pasa rápidamente a nuestro lado para recoger la basura que dejamos los occidentales, y también saluda en japonés. Esto parece una serie manga, sólo faltan Shin Chan y Goku. ¡Mola mucho!

—¡Ya estamos en Japón! —grito entusiasmado.

Alex y yo chocamos las manos; Rebecca hace una mueca de asco y se aleja tanto de nosotros que se estampa contra un cristal.

Pero mi felicidad no dura eternamente: cuando estamos esperando las maletas, vuelven los problemas. Una figura de negro sale por sorpresa de la abertura de la cinta de equipaje. Los pocos que la ven se ponen a lanzar flashes con sus móviles, mientras la figura menuda se acerca velozmente hacia mí, sorteando maletas de viaje y esquivando carritos de bebé. La Brigada de Seguridad está demasiado entretenida organizando el transporte al centro de la ciudad. Para cuando me doy cuenta, Aurora, mi enemiga número uno, la Master que me quiere enviar al otro barrio, ya está a menos de diez pasos de distancia.

Han pasado varios meses desde la última vez que nos vimos, pero la recuerdo demasiado bien. Aurora se comportaba como una inocente *pajaróloga* (o como se diga) solitaria en medio del bosque de secuoyas, y yo me aprovechaba de su conexión a internet para escaparme del campamento scout por las noches y entrar en la red. Lo que no podía imaginar es que Aurora fuese en verdad una Master, o sea, una de las creadoras de MultiCosmos, y la más rarita, hablando claro. Después de enloquecer, hizo desaparecer a su compañero Nova, y todo apuntaba a que yo sería el siguiente en su lista. Sólo mi sofisticada inteligencia sin igual consiguió que escapase de sus zarpas a tiempo.

Pero ahora, mientras viene corriendo hacia mí con los ojos desorbitados y el pelo alborotado, comprendo que estoy perdido. Menos mal que entre los dos se interpone la montaña de equipaje de Rebecca, que me da una pequeña ventaja para reaccionar. Sin embargo, cuando Aurora grita mi nombre y saca un objeto punzante del interior de su abrigo, me hago a la idea de que ha llegado el final.

La escena ocurre a la velocidad de la luz: antes de que la Master asesina me alcance, doy un paso hacia atrás y tiro una maleta al suelo. Esta maleta tira otra maleta, y ésta un cartel de publicidad de algo japonés, y este cartel arrastra a su vez unas estatuas de samuráis que decoran la sala de equipajes. De pronto, el efecto dominó se lleva todo por delante, y justo cuando Aurora está a punto de darme caza, la última estatua cae estrepitosamente y empuja un carrito entre nosotros. La cara de sorpresa de los dos es para verla en vídeo. Entonces los miembros de la Brigada de Seguridad saltan sobre mi atacante, pero no consiguen reducirla a tiempo y Aurora huye por los pelos por la misma compuerta de las maletas por la que había entrado. Ya he dicho que los seguratas son como armarios roperos, y al ser gigantes, se tienen que conformar con asomar la cabeza y maldecir cuando la otra se aleja y desaparece. El jefecillo, el más pequeño de todos, observa la escena sin dejar de mascar su puro. Suelta un taco entre dientes.

TAP
TAP
TAP

¡HOP!
安全性

¡UGH!

¡PLONF!
¡PLONF!
EFECTO DOMINÓ
¡PLONF!
¡PLONF!

¡¡ZAAASSSS!!
¡TSK!
...
TAP

El abuelo, Alex y la Menisco son los primeros en venir corriendo hacia mí.

—¿¿¿Te ha hecho daño??? —pregunta el abuelo—. ¿Estás bien? ¡Que no se entere tu madre! ¡QUE NO SE ENTERE TU MADRE!

Alex me da un abrazo de oso que casi me saca los ojos de las órbitas. Está más nerviosa que yo.

—¡Ha volado con nosotros! ¡Debió de esconderse en la bodega del avión, esperando el momento de atacar! ¡Y ahora está en Tokio, preparada para matarte!

—Gracias por los ánimos... Pero ¿cómo se ha enterado del viaje? Se suponía que era *top secret*.

Un silbido de disimulo reclama nuestra atención. Los cuatro nos giramos para mirar a Rebecca, que de pronto se baja la visera de la gorra y esconde el móvil en el bolsillo del pantalón como si fuese la prueba del delito.

—¡Yo no he sido! ¡Sólo publiqué un selfi, nada más!

—¿Que has hecho qué? —le pregunta la Menisco, con los brazos en jarra.

Saco el móvil del bolsillo y confirmo mi teoría: Rebecca se hizo un selfi con nosotros sin que nos diésemos cuenta antes de despegar. Al fondo de la imagen se lee un «Destino: Tokio» como una catedral. Para empeorar las cosas, ha añadido un montón de hashtags que le han dado la pista a la asesina: #PringadoNúmeroUno, #Amaz∞naLaFriki, #ATokioConEstosTontos y cosas así.

—Que no se entere tu madre... —repite el abuelo, preocupado por la bronca que le caería.

—Esto es intolerable —protesta la profesora Menisco—.

¡Está castigada! ¡Ahora todo el mundo sabe que estamos aquí, incluyendo la persona de la que huíamos! —Y enseguida se pone a dar órdenes al personal de seguridad. No sé quién la ha nombrado jefa, pero lo cierto es que tiene experiencia como para dirigir la CIA. Los seguratas agachan la cabeza ante el torrente de energía en el que se ha convertido—. Ahora que Aurora Aube sabe que estamos aquí, no sé si sería más conveniente dar media vuelta y regresar a casa... o buscar un destino secreto hasta que la atrapen y la encierren en una prisión de máxima seguridad. ¡Rebecca, es usted una insensata! ¡Podría haberlo matado!

Cuando pienso en los cuadernos de ejercicios que trae en la maleta, no estoy tan seguro. Pero lo último que quiero es perderme la CosmicCon, así que intento tranquilizar los ánimos.

—No seamos alarmistas —digo—, ha sido un descuido, no volverá a pasar. —Los tres están nerviosos, pero allá fuera nos espera la convención Cosmic más emocionante de la historia y no pienso consentir que una criminal nos agüe la fiesta. Al principio no están de acuerdo, pero después de mucho insistir, consigo convencerlos para llegar por lo menos al hotel para pasar la noche—. La culpa la tienen los miembros de la Brigada de Seguridad, que estaban más ocupados en comparar sus musculitos que en protegerme. Ahora ya saben que Aurora está en Tokio, así que no bajarán la guardia.

La Menisco es la que está menos convencida, pero cuando llegan refuerzos de seguridad (tengo un segurata por cada palmo de mi cuerpo), termina por ceder.

Finalmente conseguimos salir de la zona internacional del aeropuerto, pero fuera nos espera una segunda sorpresa, todavía más flipante que la anterior. Primero pienso que ha llegado el día de los zombis y vienen a por nosotros, pero la realidad es que la noticia de nuestro viaje ha llegado hasta Tokio, y detrás de las vallas de seguridad nos esperan cientos de fans Cosmics histéricos y con las caras pintadas. Son como nuestros seguidores virtuales, pero de carne y hueso.

—¡Mola! —le digo a mi amiga. Ella sigue preocupada por el ataque, pero estoy tan rodeado de guardaespaldas que Aurora tendría que hacer salto de pértiga para alcanzarme.

Han pintado unas pancartas enormes con los dibujos de nuestros avatares y letras japonesas. Le pregunto a un miembro de seguridad japonés a cuál de mis muchas virtudes hace referencia. ¿Pondrá «Usuario Número Uno»? ¿«El mejor Cosmic del universo»?

—惑星の駆逐艦? —Al tío le entra la risa floja—. Significa «Destrozaplanetas».

Para nuestro asombro, la pija de Rebecca toma la delantera y es la primera en salir a la calle con su pose de estrella del pop. Allá donde hay cámaras de fotos, allá va ella como una polilla a la luz. Pero no cuenta con que la van a confundir con la Cosmic Corazoncito16: una horda de fans histéricos la rodea y Rebecca desaparece entre la marabunta. Lo último que escuchamos es un grito desesperado de auxilio.

—¿Les decimos a los guardaespaldas que la saquen? —pregunta Alex, sin moverse de su sitio.

—¿Perdón? No te oigo bien, jovencita —responde la Menisco, que deja que los fans zarandeen a su alumna de lado a lado durante cinco minutos interminables. Es su castigo por haber echado a perder nuestro anonimato. Los cuatro disfrutamos del espectáculo: es un «baño de masas» literal.

—¡Soltadme, frikis asquerosos! —se la oye gritar debajo de una montaña de gente—. ¡Auxilio! ¡Son los otros los que buscáis!

Para cuando Rebecca consigue que la suelten, ya no le queda ni rastro de tontería ni prepotencia. Se le han quitado las ganas de ser la protagonista para el resto del viaje. Los fans vuelven la cabeza en nuestra dirección, con la misma ansiedad que una maratón de zombis detrás de un jugoso cerebro. Ya no podemos escapar. Quieren fotografiarnos, abrazarnos y conseguir nuestros autógrafos. Nos hemos ocultado en el anonimato durante demasiado tiempo.

Sólo la rápida intervención de los seguratas consigue que lleguemos a una limusina aparcada junto a la puerta. Los cristales están tintados y se puede leer «CosmicCon» en la puerta. El coche arranca antes de que los fans, mis fans, se suban al capó.

—¡Qué locura, animalito! —me dice Alex. Está entre feliz y muerta de miedo. Yo tampoco sé cómo digerir este primer momento de fama—. ¡Nos han hecho miles de fotos!

—No he entendido ni una palabra de lo que decían. ¡Qué flipe!

La Menisco también ha vivido su propio baño de masas y ha firmado autógrafos de Corazoncito16 a la misma velocidad que corrige exámenes (los japoneses alucinan con que ella y la motera supercañona sean la misma persona). Echo un rápido vistazo al móvil para comprobar que nuestros nicks son tendencia en todo el planeta. Los seguidores por fin han puesto cara a tres de los Cosmics más misteriosos de la red, incluyendo al Usuario Número Uno. Si me lo dicen hace dos días, no me lo creo.

La limusina consigue abandonar el aeropuerto y nos dirigimos hasta el centro de Tokio acompañados por una larga escolta. Alex y yo pegamos las narices a los cristales de las ventanillas para no perder detalle: los coches son supermodernos, las vallas publicitarias de la carretera son pantallas gigantes de televisión y cuando la acumulación de vehículos nos obliga a bajar la velocidad, nos damos cuenta de que el guardia de tráfico es un robot en vez de un ser humano. Estamos en el rincón más tecnológico del planeta. Japón está sacado del futuro.

Nuestra fascinación va en aumento cuando la limusina entra en las calles de la ciudad: los rascacielos más altos que he visto en mi vida rodean minúsculos templos budistas; hay publicidad luminosa mire donde mire, aunque no entienda ni una palabra; pero lo más raro es la ropa de los japoneses que pasean por la calle: no hay una sola persona que vista «normal». Al lado de los tokiotas, Rebecca tiene el armario de una aburrida señora de pueblo. Los hay que visten como personajes de manga, otros parecen salidos directamente del siglo XIX, hay chicas con la melena de arcoíris y uñas tan largas como zarpas, chavales que van enteramente de negro a excepción de unas zapatillas que se iluminan a cada paso, señoras con clásicos quimonos... Aquí, el raro es el que viste camiseta con vaqueros. El abuelo y la Menisco no paran de preguntar qué carnaval se celebra, porque no se pueden creer que los tokiotas vistan así de normal.

En el interior de la limusina, una tele de plasma retransmite imágenes de nuestra llegada al aeropuerto en lo que parece el telediario. Rebecca, todavía traumatizada por su experiencia con los fans, coge el mando para cambiar de canal, pero nuestra aparición estelar sale en todas las cadenas, desde la NHK hasta Canal Cocina. La pija suelta un bufido y apaga la tele, enfadada.

Después de más de una hora de viaje, la limusina se detiene frente a un gigantesco rascacielos con forma de pagoda, el edificio típico de Japón. Todavía no hemos puesto un pie fuera del coche y ya hay una docena de guardaespaldas custodiando la puerta.

—Es por tu seguridad —me dice Alex, que también tiene su séquito.

Los tíos que me rodean son tan grandes que así es imposible ver nada. Los veinte pasos hasta el hall del hotel los hago sin más vistas que sus espaldas de gorila.

Dentro del edificio nos esperan los empleados del Mori Luxury Hotel, alineados y luciendo su mejor sonrisa. Unos chicos uniformados cargan con nuestro equipaje (salvo el de Rebecca, que como no identifican quién es, dejan que lleve sus cinco maletas ella sola) y nos acompañan hasta un ascensor de cristal con más botones que la camisa de un gigante. Se inclinan tantas veces que me pongo a buscar qué es lo que se les ha caído.

—Es su modo de saludar —me explica el abuelo en voz baja.

Nuestras habitaciones se encuentran tan arriba que nos da tiempo a escuchar el disco entero de Tina Moon en el hilo musical del ascensor. Cuando por fin se abren las puertas, Alex, Rebecca y yo estamos ansiosos por llegar a los dormitorios de lujo. ¡Nunca imaginé que la fama molase tanto!

Pero la realidad es bien distinta. En vez de encontrarnos

con enormes puertas de roble con el número de cada habitación, nos topamos con una especie de pasillo interminable de lavadoras, colocadas unas sobre otras en tres alturas. A lo mejor es que en Japón lavan la ropa antes de irse a dormir; nosotros, desde luego, no tenemos las mismas costumbres.

—¿Podéis llevarnos a nuestras habitaciones? —le digo a la encargada del hotel, una japonesa que nos hace quince reverencias por minuto pero no habla ni papa de nuestro idioma.

La responsable nos señala las lavadoras sin dejar de sonreír. La cosa parece bastante atascada hasta que la profesora Menisco se acerca a ellas y dice con su voz sepulcral:

—Éstas son nuestras habitaciones. Es un hotel-cápsula.

Tengo que asomarme a la puerta de una de las lavadoras para confirmarlo: dentro no hay calcetines desparejados ni suéteres que pican, sino unas cabinas igualitas a las camillas de rayos uva. Por lo visto, en Tokio hay tan poco espacio que la última moda es vivir como abejas en un panal.

Como aquí no nos entiende nadie, no nos queda más remedio que elegir cápsula y echarnos a dormir. Meterse en esta celda es lo más parecido a enterrarme que he hecho nunca, con la diferencia de que este sarcófago tiene wifi integrado. Cuando los demás se acuestan agotados por el cansancio del viaje, yo aprovecho para conectarme a MultiCosmos antes de planchar la oreja.

Nada más introducir el usuario y la contraseña, me salta un mensaje privado en el buzón. Primero pienso que es mi amigo Spoiler, a quien todavía no he tenido tiempo de contarle nuestro viaje a Tokio, pero para mi decepción se trata de Celsius, el Administrador Supremo. El mandamás de tres ojos me avisa de que mañana nos recogerá la limusina justo después de desayunar: la CosmicCon nos espera y los organizadores han preparado un montón de actividades con los patrocinadores. Nos han programado una agenda que no nos dejará respiro. Justo cuando voy a proponerle a Spoiler una partida en LiliputCombat, la voz de la Menisco me llega desde la cápsula de abajo:

—¡Apaga ya, jovencito! No son horas de estar conectado.

Lo que me faltaba: mi profe de mates echándome la chapa hasta en Japón. Apago el ordenador antes de que me mande un pelotón de ecuaciones.

<La CosmicCon>

Si las camas-cápsula son futuristas, lo de los retretes merece un capítulo aparte. Después de levantarme he ido a descargar la tripa a un «retrete oriental», pero lo único que había dentro era un agujero en el suelo; hay que tener mucha puntería para atreverse. Entonces he probado con la puerta de al lado, el «retrete occidental», con más funciones que una Game Boy. Casi me revienta la vejiga antes de conseguir apretar todos los botones para abrir la tapa del váter. Cuando he ido a tirar de la cadena, he hecho sonar el hilo musical y he recibido un chorro a propulsión en la cara. En Japón no saben fabricar nada simple.

A las diez, después de un desayuno a base de arroz y pescado, estamos listos para salir del hotel en dirección al recinto de la CosmicCon. Los miembros del equipo de seguridad nos advierten de que hay miles de fans esperando nuestra llegada. ¡Gracias por la presión! Rebecca se resiste a acompañarnos hasta que descubre que hay un centro comercial en el mismo edificio de la convención. En cuanto oye «compras», es la primera en subir al coche. Eso sí, la Menisco le ha prohibido volver a publicar nada sobre nosotros si pretende aprobar matemáticas alguna vez.

Una caravana de motos, coches y hasta un dron militar nos custodian durante los quince minutos de trayecto. Alex está tan nerviosa que no para de deshacerse y hacerse la trenza.

Yo intento pensar en mis primeras palabras al mundo como persona real, la frase que saldrá en todas las portadas:

«Hola, Cosmics del mundo. Me llamo...»

Puf, eso ya lo saben.

«¡Soy vuestro rey!»

Hummm, un poco flipado.

«Un pequeño paso para el Cosmic, un gran paso para MultiCosmos.»

No, demasiado original.

Detengo la actividad de mi cerebro nada más llegar. La convención se celebra en el interior de un gigantesco edificio con forma de huevo de cristal. Hay un cartel que cubre prácticamente toda la superficie. Abajo, como pollitos desorientados, nos esperan más de mil fans gritones. Menos mal que la organización ha preparado una valla desde la limusina hasta la entrada al recinto, o no llegaríamos vivos. Cuando bajo del coche, los frikis chillan tan fuerte que casi me dejan sordo.

Cosmic
Con

—¡Hola! —saludo con timidez. Mi voz queda sepultada por los gritos de mis seguidores.

Me quedo callado. ¡Repíxeles, he desperdiciado mi oportunidad de pronunciar una frase para la historia! Pero cuando quiero rectificar, los seguratas ya me están empujando hacia el interior del recinto. Quizá teman que Aurora me lance un misil nuclear o algo por el estilo.

—サイン! サイン! —vociferan desde detrás de las vallas.

—Espero que no sea otro insulto —pienso en voz alta, pero, claro, no me responden.

Escribe una dedicatoria en la tableta.

Todos tienen sus tabletas levantadas hacia nosotros. Alex lo pilla antes que yo y se acerca a firmar unas dedicatorias con el dedo. Yo hago lo mismo. Una Cosmic con el pelo verde se pone a llorar de la emoción cuando le hago una dedicatoria en el brazo con rotulador permanente. Otro exhibe un tatuaje con el dibujo de mi avatar y el de Amaz∞na que le cubre todo el pecho. Están locos estos japoneses.

Los fans están tan entusiasmados por conseguir una foto con nosotros que no paran de chocar los móviles en el aire, hasta el punto de que se monta una batalla campal con los palos-selfi como lanzas y la organización tiene que rociarlos con chorros de agua para alejarlos. Nosotros escapamos antes de que se líe más gorda.

Al final de la escalinata no nos espera ningún empleado de la organización, sino un dron que flota en el aire. Cuando llegamos junto a él, extrae una bolsa blanca de la base que se infla como un globo de dos metros de altura hasta adoptar una forma humanoide, con su cabeza (con hélices en lugar de sombrero), brazos y piernas, todo muy achuchable. Nos quedamos petrificados. Su expresión se ilumina al vernos y hace una reverencia. Entonces se pone a hablar en nuestro idioma:

—Bienvenidos a la CosmicCon, la gran convención mundial de MultiCosmos. Mi nombre es MoriBot262 y soy su guía. Por favor, acompáñenme.

Normal, en Tokio no iba a recibirnos una persona. Por algo son los genios de la robótica. El trasto se hace a un lado y nos invita a pasar. No me puedo creer que esté cruzando el umbral para entrar en el evento más molón del universo. ¡Hace dos días me hubiese contentado con verlo por internet!

Dentro nos encontramos con un gigantesco pabellón. Hay por lo menos doscientos estands exclusivos para Cosmics, y son tan flipantes que nadie se distrae ni un segundo para vernos entrar. Por si acaso, nuestro ejército de guardas monta un anillo de seguridad a nuestro alrededor, no vaya a ser que un fan nos pida: «El selfi o la vida». MoriBot262 entra con nosotros para comenzar el tour para el que lo han programado, pero cuando nos está contando un tostón sobre el patrocinio de la compañía Mori y el chip que lo creó, me separo del grupo para acercarme a una caseta cercana. La regenta una chica morena que lleva su nick, Lujus, escrito sobre una diadema, casi casi como si fuese una Cosmic. Voy directo a la mesa de exposición para coger una réplica de gomaespuma del Bumerán Colleja. ¡Es igualito al de MultiCosmos! También tiene una copia del Látigo Estático, de la Diginavaja de Alb@cete, e incluso de la pistola de bolas de Spoiler. ¡LO QUIERO TODO!

Alex y yo corremos de aquí para allá, sin perder detalle, mientras MoriBot262 nos pide cortésmente, en cincuenta idiomas diferentes, que volvamos a la ruta programada. El abuelo, la Menisco y Rebecca nos siguen con cara de no creerse dónde están. Este sitio es demasiado friki para ellos.

Nos pasamos media mañana disfrutando de la CosmicCon. Hay un estand de Adopción de Gatitos Virtuales, otro que vende auténticos sándwiches de *spam* y hasta una mesa de la Asociación por el Apagón Total de Internet. «La red te fríe el cerebro. Entra en nuestra web para más información», pone en la pancarta. Más raro es toparnos con la Liga de Shippers Cosmics; necesito un rato para entender que las camisetas de mi nick/Amaz∞na o Qwfkr/GlendaGlitter™ pretenden emparejarnos. Mi pareja favorita es Corazon-

cito16/Spoiler. Pagaría por verlos en la misma ha

Nosotros no somos los únicos Cosmics famoso venido hasta aquí, y de vez en cuando nos cruzamos con superestrellas firmando autógrafos ante colas interminables de fans. Necesito ver una foto del avatar que tiene al lado para reconocer a L@ia, la *videotuber*; olvidó añadir el acné a su versión digital. También vemos a Sidik4, la Cosmic más popular del mundo árabe; tiene cara de más mal genio (todavía) que su avatar; y también a UltraPuños, el usuario que ostenta el récord de victorias en el planeta ZasEnTodaLaBoca, resulta ser un tirillas de bigotillo incipiente y brazos de alambre que se encoge tres centímetros cada vez que alguien le pide una foto.

Me separo de mi amiga para acercarme a un pequeño estand regentado por unos japoneses muy jóvenes. «Descubre qué Cosmic eres», con la captura de mi avatar en primer plano. Disimulo para que no me reconozcan (mi estrategia consiste en silbar muy fuerte) y me divierto respondiendo al test:

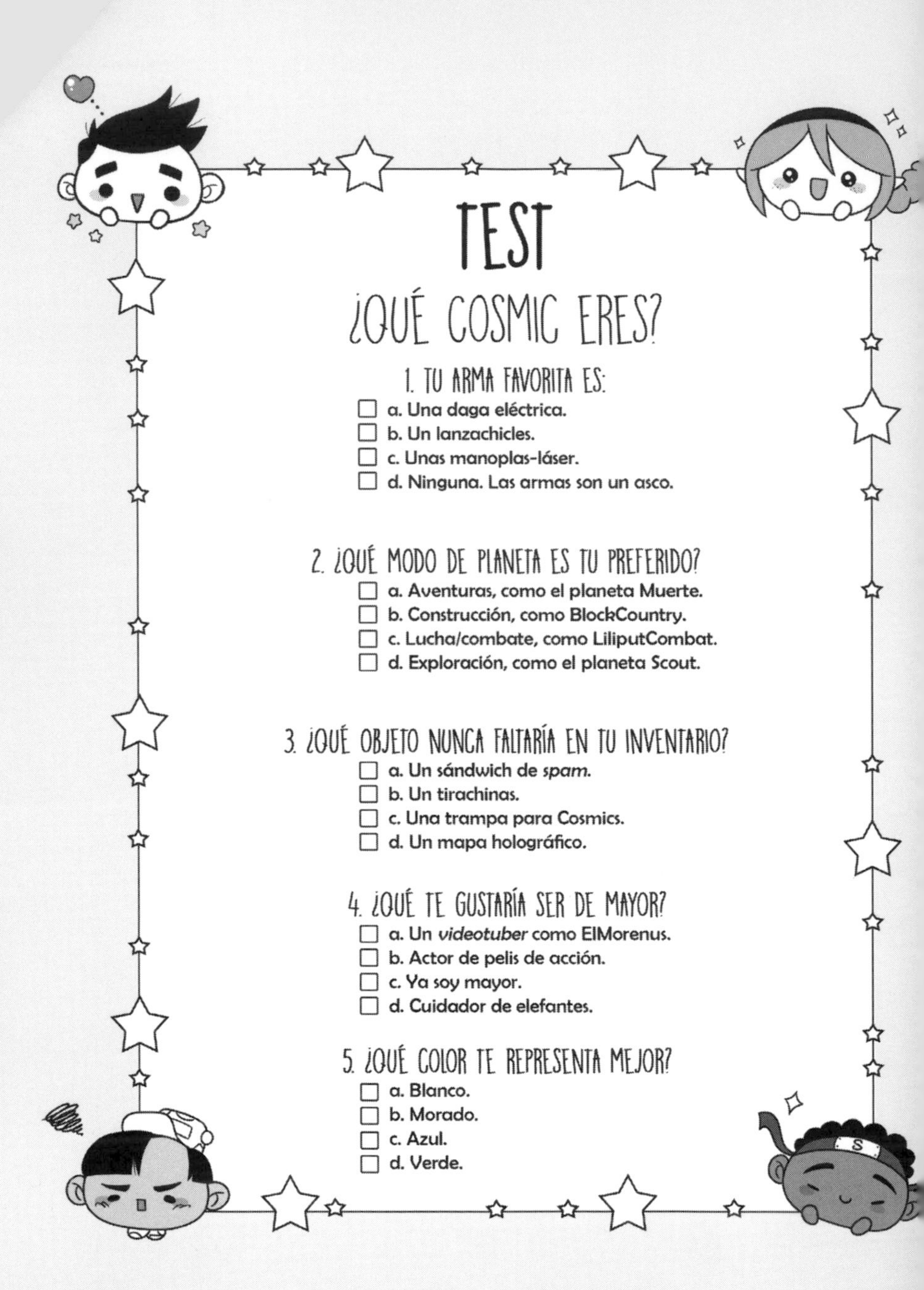

TEST

¿QUÉ COSMIC ERES?

1. TU ARMA FAVORITA ES:

- ☐ a. Una daga eléctrica.
- ☐ b. Un lanzachicles.
- ☐ c. Unas manoplas-láser.
- ☐ d. Ninguna. Las armas son un asco.

2. ¿QUÉ MODO DE PLANETA ES TU PREFERIDO?

- ☐ a. Aventuras, como el planeta Muerte.
- ☐ b. Construcción, como BlockCountry.
- ☐ c. Lucha/combate, como LiliputCombat.
- ☐ d. Exploración, como el planeta Scout.

3. ¿QUÉ OBJETO NUNCA FALTARÍA EN TU INVENTARIO?

- ☐ a. Un sándwich de *spam*.
- ☐ b. Un tirachinas.
- ☐ c. Una trampa para Cosmics.
- ☐ d. Un mapa holográfico.

4. ¿QUÉ TE GUSTARÍA SER DE MAYOR?

- ☐ a. Un *videotuber* como ElMorenus.
- ☐ b. Actor de pelis de acción.
- ☐ c. Ya soy mayor.
- ☐ d. Cuidador de elefantes.

5. ¿QUÉ COLOR TE REPRESENTA MEJOR?

- ☐ a. Blanco.
- ☐ b. Morado.
- ☐ c. Azul.
- ☐ d. Verde.

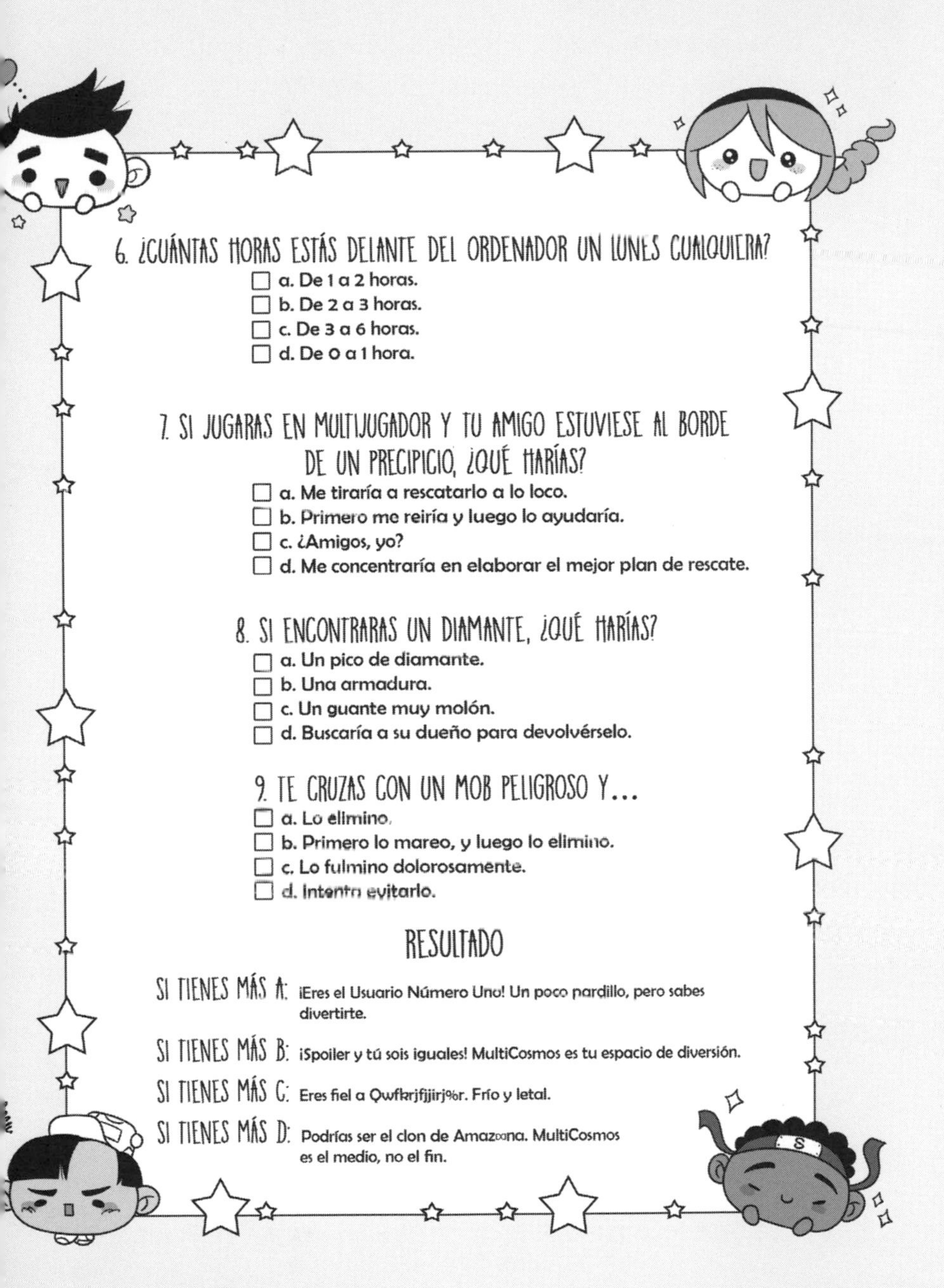

6. ¿CUÁNTAS HORAS ESTÁS DELANTE DEL ORDENADOR UN LUNES CUALQUIERA?

- ☐ a. De 1 a 2 horas.
- ☐ b. De 2 a 3 horas.
- ☐ c. De 3 a 6 horas.
- ☐ d. De 0 a 1 hora.

7. SI JUGARAS EN MULTIJUGADOR Y TU AMIGO ESTUVIESE AL BORDE DE UN PRECIPICIO, ¿QUÉ HARÍAS?

- ☐ a. Me tiraría a rescatarlo a lo loco.
- ☐ b. Primero me reiría y luego lo ayudaría.
- ☐ c. ¿Amigos, yo?
- ☐ d. Me concentraría en elaborar el mejor plan de rescate.

8. SI ENCONTRARAS UN DIAMANTE, ¿QUÉ HARÍAS?

- ☐ a. Un pico de diamante.
- ☐ b. Una armadura.
- ☐ c. Un guante muy molón.
- ☐ d. Buscaría a su dueño para devolvérselo.

9. TE CRUZAS CON UN MOB PELIGROSO Y...

- ☐ a. Lo elimino.
- ☐ b. Primero lo mareo, y luego lo elimino.
- ☐ c. Lo fulmino dolorosamente.
- ☐ d. Intento evitarlo.

RESULTADO

SI TIENES MÁS A: ¡Eres el Usuario Número Uno! Un poco pardillo, pero sabes divertirte.

SI TIENES MÁS B: ¡Spoiler y tú sois iguales! MultiCosmos es tu espacio de diversión.

SI TIENES MÁS C: Eres fiel a Qwfkrjfjjirj%r. Frío y letal.

SI TIENES MÁS D: Podrías ser el clon de Amazoona. MultiCosmos es el medio, no el fin.

Sumo las respuestas... ¡y dice que soy Spoiler! Menuda risa. Pienso contárselo en cuanto me conecte. No paro de cambiar las respuestas hasta que salgo yo mismo en el test. Los responsables del estand me observan extrañados. Creo que me han reconocido.

—Los test son *pala* aficionados —dice de pronto una japonesa con aire místico en el estand de al lado. Habla mi idioma con un acento marcado—. Tengo algo *mejol pala* ti.

Leo la tarjeta que me ofrece: «Conoce tu futuro. Resultados 100 % reales».

—¿Una vidente? —le pregunto con cierta burla.

Ella tuerce el gesto y me responde:

—¡No es adivinación, Cosmic de poca fe! ¡Son *algolitmos*! —La mística me señala su diploma de la Universidad de Massachusetts. Es ingeniera informática—. Puedo *prevel* tu *futulo viltual* a *paltil* de todos tus movimientos, *inteleses* y *comentalios* en MultiCosmos.

Bueno, pues será «informatidivina». La tía pasa un escáner de mano por mi rostro para hacer una demostración. El ordenador averigua en 1,45 segundos mis gustos musicales, mi peli favorita y hasta mi sabor de yogur preferido. Ha acertado de pleno. Alex también lo prueba y el algoritmo le revela hasta la audiencia del próximo directo de su videocanal a partir de las últimas estadísticas, pura matemática. Teniendo algoritmos, ¿quién necesita profecías? Quiero descubrir más. La adivina informática saca un folleto con las tarifas.

—*Pol* el módico *plecio* de mil cosmonedas, puedo *pledecil* lo que le *pasalá* a tu *avatal* el *plóximo* año, ideal si piensas *inveltil* en planetas de *constlucción* o *luchal* en batallas *multijugadol*.

—¡¿Mil cosmonedas?! Ni loco. No creo en estas cosas.

Alex y yo decidimos marcharnos, pero la mística hace una nueva oferta:

—*Pol* quinientas cosmonedas, puedo *conocel* tu *futulo* de los *plóximos* seis meses, ¡con un 70 % de *plobabilidad*!

—Paso de cuentos —dice Alex, que ya va camino de reunirse con los otros. Pero la adivina informática estira el brazo y me agarra por la camiseta antes de que me pueda ir. Esto es lo que se llama «marketing agresivo».

—Déjame que te haga una *demostlación glatuita*. ¡Puedo *decilte* lo que te *pasalá* antes de *tles* días con un 99,99 % de *plobabilidad*!

Estoy a punto de soltarme de su garra, pero me lo pienso mejor. Nunca rechazo una muestra gratuita. Tengo más de quinientos sobrecitos de kétchup en mi habitación.

—Está bien... —digo con aburrimiento.

La adivina informática respira aliviada y me suelta. Entonces se pone a teclear en el ordenador, me escanea hasta los oídos y pulsa «Enter». El ordenador hace tanto ruido que parece que vaya a echarse a volar.

Un minuto después, suena una campanilla y la mística se concentra en la pantalla, oculta a mis ojos. De pronto su expresión cambia radicalmente, me mira con sorpresa, vuelve a mirar la pantalla, y me mira a mí de nuevo. Tiene la misma cara de susto que Alex cuando se olvida su comida vegetariana.

—No es posible...

—¿Qué pasa? —pregunto intrigado.

—No es posible... —insiste la informática, negando con la cabeza, hasta que se pone a asentir como una loca—. O sí puede *sel*... No hay *malgen* de *elol*. La *plobabilidad* es del 99,99 %.

—¿Se puede saber qué pasa? ¿«Elol» es «error» en japonés?

La adivina cierra la tapa del ordenador, pone las manos sobre las mías y me dice con voz serena:

—Antes de *tles* días, *dejalás* de *sel* el *Usualio Númelo* Uno.

La noticia me deja patitieso. Lo único que escucho es la voz de Alex a varios metros de distancia, apremiándome para que vaya con ellos.

—Tiene que ser un error —sugiero.

—Los *algolitmos* son ciencia, no cuentos chinos —dice muy seria—. Según los cálculos, en *viltud* de la actividad de MultiCosmos de los últimos tiempos... el cambio de *tlono* está al *cael*. *Peldelás* tu *leinado* antes del fin de semana.

—¿Seguro que no te has equivocado de Cosmic?

Pero no hay otro Usuario Número Uno en toda la red. Trago saliva. Entonces Alex viene en mi rescate, me arrastra con ella y me toma el pelo por prestar oídos a una adivina. La mía no me quita el ojo hasta que cambiamos de pabellón.

Enseguida me olvido del asunto, porque un grupo de Cosmics me ha reconocido entre los estands:

—¡Eres el Destrozaplanetas! —Su grito ultrasónico hace temblar los cimientos del edificio y alerta hasta al último friki de la convención. Ahora sí que saben que estamos aquí.

En cuestión de segundos se arma un revuelo a nuestro alrededor. MoriBot262 nos suelta una chapa de precaución contra mi archienemiga Aurora, pero no le escucho. Por el aire se aproxima un dron blanco que se detiene a la altura de mi cara y extrae una pantalla donde aparece el jeto de Celsius. El Cosmic me fulmina con sus tres ojos.

—¡Vais a llegar tarde a la presentación!

—¿Qué presentación? —le pregunta Alex, pero MoriBot262 se pone a lamentar con su voz robótica lo mucho que lo ignoramos. Por lo visto, lleva diez minutos intentando avisarnos.

—¡Mori Inc., el patrocinador de la CosmicCon, va a desvelar su nuevo invento! ¡No le hagáis un feo a vuestro anfitrión y moved el culo hasta allí!

Cuando Celsius se pone pesado no hay quien lo aguante (o sea, siempre). MoriBot262 prácticamente nos obliga a subirnos a unos *segways*, los patinetes de los vagos, para rodar a toda prisa hasta el escenario central, donde ya resuenan las trompetillas por los altavoces. Los seguratas vigilan que ningún fan se nos abalance; empiezo a pensar que algunos Cosmics son más peligrosos que la asesina de Aurora. MoriBot262 nos urge a entrar en la sala donde se hará la presentación por una puerta lateral, pero cuando cruzamos unas cortinas creyendo que vamos directos al palco, nos damos cuenta de que hemos ido a parar al mismísimo escenario. Media docena de focos nos apuntan como armas de fuego. Antes de que podamos volver atrás, unos azafatos con vestidos futuristas nos empujan hacia el centro de la diana. Puedo ver mi primer plano en todos los televisores del centro de realización.

Una voz aflautada se escucha por los altavoces:

—¡Qué placer teneros aquí! ¡Ya era hora!

Me cuesta reconocer en ella al japonés calvo de metro y medio de estatura que viene hacia nosotros hablando con un extraño eco mecánico, como si las palabras no saliesen de su boca. Parece un buda con traje y corbata. Abre los brazos y nos ofrece una mano a cada uno. Ahí es cuando me doy cuenta de que Rebecca, el abuelo y la Menisco se han quedado fuera del escenario. Las cámaras sólo nos quieren a Alex (mejor dicho, Amaz∞na) y a mí. Y al buda elegante.

—¡Muchas gracias por venir a la presentación, Cosmics! —exclama—. ¡Vuestra presencia supone un gran honor para mi compañía!

—¿Eres el dueño de Mori Inc.? —pregunta Alex, alucinada. Mi móvil, el suyo, los drones y hasta el robot pelmazo que nos ha hecho de guía son obra de los ingenieros de la compañía número uno en el mundo. El tipo asiente con una sonrisa amable en los labios—. Eeeh... Encantada.

Ni Alex ni yo tenemos muy claro cómo saludar a un tío tan rico que se suena la nariz con billetes de quinientos euros. En MultiCosmos existe el comando de saludo estándar, pero en la vida real uno no sabe nunca si hay que chocar la mano o darse un abrazo. Y aún menos cuando se trata de un japonés que te da la bienvenida haciendo reverencias.

—El placer es mío. ¡Está todo el mundo, real y virtual, esperando conoceros! —Su voz suena mecánica y parece imposible que salga de sus labios. Alex y yo nos cruzamos miradas de no comprender ni jota, pero no nos da tiempo a averiguar más—. Habéis venido justo a tiempo para la presentación oficial del último hito de Mori Inc., mi pequeña empresa.

Lo de «pequeña» tiene que ser un error de traducción, porque el minúsculo señor Mori da dos palmadas y empieza a sonar una música superpotente. Cuando consigo acostumbrarme a los focos, descubro que estamos rodeados de gradas repletas de público. El magnate da otra palmada y del suelo salen unos samuráis que se ponen a dar saltitos y acrobacias alrededor de una especie de ostra gigante que aparece de entre una bomba de humo. Suena la última nota de la canción, la ostra se abre y, donde uno esperaría ver una perla, hay una pulsera blanca con una pequeña pantalla y dos botones.

El señor Mori se acerca con sus piernecitas, la coge delicadamente y la levanta para que quede a la vista de las cámaras y el público. Se aclara la garganta antes de hablar:

—Muchas gracias por acompañarnos en el mayor acontecimiento mundial de los últimos tiempos. —De nuevo la voz que escuchamos no parece de él. Juraría que está hablando dos idiomas a la vez, aunque eso es imposible—. Como sabéis, Mori Inc. y MultiCosmos firmaron hace poco un convenio de colaboración tecnológica. Han pasado cincuenta años desde que mi venerado padre fundó Mori Inc. y patentó la mochila-secadora; desde entonces hemos fabricado electrodomésticos, robots y, más recientemente, una flota de drones.

Mientras habla, un androide idéntico a MoriBot262 traduce al lenguaje de signos. Detrás, otro robot proyecta un holograma con fotos de la familia, ya sea en la fábrica o en unas torres rascacielos. En una de las instantáneas, el señor Mori posa en primer plano junto a un adolescente que mira a la cámara con aire taciturno. Tengo que dar un codazo a Alex para comentarlo:

—¡Es Hikiko! —le digo en voz baja. Aunque es un poco ridículo, porque salimos por la tele—. ¡Es el Cosmic fantasmal que casi me gana en el MegaTorneo del último verano!

Hikiko fue uno de los rivales más duros en la competición más peligrosa de todos los tiempos. Gracias a su avatar incorpóreo, conseguía superar todas las fases sin siquiera mancharse su uniforme escolar, y si lo derroté fue por pura chiripa.

Alex asiente sin darle importancia:

—Todo el mundo sabe que Hikiko es el hijo del señor Mori. —Vale, todo el mundo menos yo—. ¡Déjame escuchar, animalito!

—En Mori Inc. nos gusta pensar que el futuro es un lienzo sin pintar —continúa el señor Mori—, y sabemos que MultiCosmos está lleno de posibilidades. Por eso hemos invertido el último año en desarrollar un nuevo nivel de conectividad con la red, hemos puesto a trabajar a ingenieros con creativos... y así hemos concebido el primer prototipo de la holopulsera.

Ahora lo entiendo: la voz mecánica, que habla un japonés normal por debajo de los altavoces, no sale de su boca, no, ¡sale de su pulsera! Alex y yo nos quedamos boquiabiertos cuando el señor Mori levanta la mano derecha y vemos un prototipo de holopulsera enganchado a la muñeca; el aparato capta las palabras en su idioma y las reproduce automáticamente en el nuestro gracias a un altavoz. Es un traductor en tiempo real. Jamás había visto algo parecido.

—¿Sorprendidos? —dice con una sonrisa amable. Bueno, en realidad lo dice su pulsera, porque de sus labios sale otra cosa, algo parecido a «konichiwa». Todos los asistentes al evento, incluyéndonos a Alex y a mí, estamos boquiabiertos—. La traducción simultánea es sólo una de las muchas posibilidades que ofrece la holopulsera patentada por Mori Inc. Dejad que os muestre el resto de las posibilidades.

El señor Mori aprieta un botón de la holopulsera igual que he hecho un millón de veces con mi avatar. E igual que en el mundo virtual, del miniordenador sale un chorro de luz donde enseguida se forma la cara de un tío. El señor Mori mantiene una llamada en vivo en tres dimensiones. Las cámaras de televisión amplían el zoom para no perder detalle del invento del siglo.

La demostración continúa: la holopulsera revisa callejeros, proyecta el último episodio de *Juego de Drones* y hasta permite comprar hortensias para el día de la Madre, todo a través del holograma. El público no deja de aplaudir durante la exhibición, pero esto no ha sido todo: el señor Mori saca otro prototipo del bolsillo y me lo ofrece delante de los miles de asistentes. Casi me lo pongo de sombrero por culpa de los nervios. Aprieto el botón central y aparece un holograma con mi avatar, perfectamente nítido en realidad aumentada. Desde las gradas gritan mi nick emocionados. Me siento igual que un actor recogiendo el Oscar.

Es mi oportunidad de saludar al público, de demostrar que no soy un pardillo como dicen por la red. Pero cuando voy a dirigirme a las cámaras, el rugido de una moto acelerando chafa mi discurso. Alex y yo nos giramos y vemos a un motero que entra por un lateral del escenario, hace una cabriola flipante y logra levantar del asiento a los fans de las gradas. Estoy cubierto por el humo del tubo de escape, que me provoca un ataque de tos.

La moto frena justo entre las cámaras y yo. El motorista baja de un salto y se quita el casco. El público se pone a dar gritos histéricos, porque se trata, ni más ni menos, de:

—¡Cuaquerjorjorciener!

—Pero ¿qué dices, animalito? —Alex pone los ojos en blanco—. ¡Se dice Qwfkrjfjjirj%r!

—Pues eso, lo que yo he dicho.

Nunca conseguiré pronunciarlo bien. Pero el nick es lo de menos: lo alarmante es que mi otro archienemigo, con permiso de Aurora, está aquí. Al igual que yo, su yo real es calcadito al avatar. Qwfkr (nadie está seguro sobre su nombre real) es un treintañero de metro ochenta y cinco, piel morena y cabello lacio, que parece salido de una peli de Bollywood. En su caso, viste hasta la misma indumentaria atiborrada de publicidad, donde no falta el logo de Mori Inc. El señor Mori da palmaditas de alegría al verlo, y siento como los focos de iluminación se alejan de Amaz∞na y de mí para centrarse en él.

Qwfkr fue durante años el Usuario Número Uno de MultiCosmos, es decir, el Cosmic con más Puntos de Experiencia. Pero mi éxito en la competición del Tridente de Diamante (y una ayudita de Amaz∞na, lo admito) hizo que le arrebatase el título. Unos meses después, con motivo del MegaTorneo, intentó disputarme el puesto, pero un error de carga y una espada defectuosa provocaron que su avatar quedase eliminado. Ahora se ha vuelto a registrar, ha pasado una temporada acumulando ítems, PExp y mala uva, y no ha encontrado un mejor momento para su reaparición estelar que la CosmicCon. Percibo que el público borra las fotos que me han hecho para liberar espacio y fotografiar a mi rival. ¡No es justo!

—Oye, tío, quizá estés mareado con los focos, pero el señor Mori y yo estábamos presentando la holopulsera —le digo. Alex carraspea y yo rectifico—: Y Amaz∞na.

Aunque Qwfkr y yo hablamos idiomas diferentes, la holopulsera de mi muñeca hace una interpretación simultánea. El escáner ha reconocido a Qwfkr y traduce a su lengua. Mi rival no se deja impresionar y responde en indio, qwfkerquiano o lo que sea. Tengo los pelos de punta hasta que escucho la traducción.

—Quizá seas tú el que no se ha enterado. Erais mis teloneros —dice refiriéndose a Alex y a mí—. Marchaos antes de que aburráis al personal.

La tensión se puede cortar con un cuchillo. Menos mal que el buda feliz, el señor Mori, se apresura a separarnos con sus buenos modales.

—¡Qué alegría que estéis los dos aquí! Es un honor para mí contar con unos anfitriones tan queridos.

Pero con sus palabras sólo consigue una tregua temporal. Durante el resto de la presentación, Qwfkr y yo nos echamos miradas que podrían fulminar en un segundo a un Mob de categoría Aniquilador. Ni siquiera el espectáculo final, cinco sumos gritando como si estuviesen estreñidos, consigue distraernos (aunque a Alex le entra una risa floja que no puede contener).

Al terminar el evento, los guardaespaldas tienen que rodearnos de nuevo para que los fans no se lleven nuestro cuerpo por piezas. El abuelo viene al *backstage* a felicitarme por mi primer acto público, mientras que la profesora Menisco protesta porque nadie se ha interesado por Corazoncito16, su avatar. Rebecca todavía no ha levantado la vista del móvil desde que aterrizamos en Japón.

—¡El señor Mori me ha regalado otra holopulsera a mí! —grita Alex, emocionada. Los dos exhibimos nuestros prototipos como si fuesen tesoros—. ¿Para qué servirá este botón?

Su holopulsera lanza un fogonazo de luz que enseguida se transforma en un holograma de un metro de alto. Un gatito achuchable aparece en el aire, ronroneando para que lo acariciemos.

—¡Esto es justo lo que estaba pensando! —Alex sonríe.

Los dos flipamos con el prototipo del invento. Si la versión de prueba ya hace esto, ¿qué no hará la definitiva? El señor Mori se acerca con una sonrisa en los labios.

—Efectivamente, Amaz∞na. —Se dirige a Alex por su nick, como si estuviese delante del avatar y no de una adolescente de carne y hueso. La frontera entre MultiCosmos y el mundo real nunca había sido tan estrecha—. Hemos trabajado en una holopulsera tan real que responde hasta a los estímulos del cerebro... aunque simplemente pienses en gatitos. —El ricachón le guiña un ojo, divertido. Yo me pongo a pensar en distintas imágenes para probarla, pero cuando imagino un Mob elefante, la holopulsera proyecta un chihuahua con trompa; pienso en la espada binaria, y en su lugar aparece un trinchador de pollos. Frunzo el ceño.

—Todavía la tenemos que perfeccionar —me explica el magnate—. El procesador necesita mejoras, pero esperamos que la próxima versión ya responda a órdenes claras de la mente. ¡Y queremos que vosotros seáis los primeros en probarla!

Dibuja en tu holopulsera lo primero que se te pase por la cabeza

Antes de despedirnos, le pregunto al señor Mori por Hikiko; su hijo fue un digno rival, y me encantaría conocerlo. Pero para mi sorpresa, el magnate sale con evasivas.

—¿Hikiko? —Su frente despejada se pone a brillar de sudor—. No ha podido venir. Está...

—¿En casa? —pregunta Alex, tan curiosa como siempre.

El señor Mori se afloja el nudo de la corbata de un modo muy extraño.

—Eso, sí, sí, algo le ha sentado mal.

Se ha hecho la hora de comer sin que nos demos cuenta. MoriBot262 nos interrumpe para recordarnos nuestras necesidades fisiológicas y nos guía hasta el restaurante *delicatessen* de la CosmicCon; la empresa Mori Inc. se hace cargo de todos los gastos. El robot nos conduce hasta el reservado del local, un salón donde las mesas se alzan a sólo un palmo del suelo. Un robot con look de geisha prácticamente nos obliga a descalzarnos antes de entrar, y casi me muero de vergüenza cuando reparo en el agujero del dedo gordo del calcetín. En la sala ya hay otros Cosmics (casi) tan famosos como nosotros. GlendaGlitter™ posa en una sesión de fotos para una revista de viajes, mientras que en el otro lado del restaurante está Sidik4, la Cosmic egipcia, que come sola en una mesa que le viene grande. El abuelo también la reconoce de la televisión y tiene la pésima idea de llevarnos con ella.

—¡Abuelo, no! ¡Quiere estar sola!

—¡¿Cómo va a querer estar sola?! —exclama el abuelo, que casi le tira el té encima cuando se sienta a su lado. La chica pone los ojos como platos—. ¡Hola! Hemos pensado que te gustaría un poco de compañía. Se te ve tan sola y triste...

Sidik4 fulmina al abuelo con la mirada. No sé qué tenemos los Cosmics en los ojos, pero parecen rifles en vez de pupilas. Después me mira a mí y prácticamente me inyecta un dardo de odio.

—Ya había terminado. —Ella también tiene su prototipo de holopulsera que la traduce mientras habla. No sé cómo se las arregla la humanidad sin un chisme de estos—. Si me permitís...

La chica se levanta y sale del restaurante sin pedir el postre. Alex hace un mohín y yo respiro aliviado. Ya tengo suficientes enemigos como para sumar una más a la lista.

En este restaurante no hay camareros, la comida llega a través de una pequeña cinta transportadora que cruza la sala del comedor. Nos ponemos las botas cogiendo platos de sushi y boles de ramen que luego no somos capaces de terminar. Si queremos un refresco, sólo tenemos que apretar un botón y enseguida aparece por la cinta.

Al final de la comida, MoriBot262 nos indica el programa de actividades de la tarde. La CosmicCon cuenta con varias charlas simultáneas, además de un montón de simuladores, concursos de disfraces, firmas y demás, y nos cuesta horrores ponernos de acuerdo. Sobre todo porque los seguratas no dejan que nos separemos, no sea que Aurora aproveche la circunstancia para atacar.

—Si me permiten que les dé mi opinión —dice el robot—, me atrevería a sugerirles visitar el pabellón Alfa a las 16.30 horas para disfrutar de la exhibición de «Siete estilos Cosmic de servir el té», una delicia de espectáculo.

—¡Yo quiero ir de tiendas! —protesta Rebecca. Desde que se le ha acabado la batería del móvil no hay quien la aguante.

—En el pabellón Gama hay tiendas de...

—¡No quiero tiendas frikis! —le chilla al robot—. ¡Quiero tiendas de verdad!

Pero cuando llega el postre por la cinta transportadora, un helado de alubias que Alex se ha empeñado en probar (no sé qué problema tienen en Japón con el chocolate), MoriBot262 empieza a hablar cada vez más lento, arrastrando la voz robótica, hasta que finalmente se apaga y las luces led de su rostro se transforman en dos X enormes. El abuelo se levanta (casi vuelve a tirar la mesa) y le da dos golpes en la cabeza, igual que cuando se va la imagen de la tele, pero el androide no responde.

—Qué raro... —dice Alex—. Se supone que los MoriBots tienen una batería infinita. Se recargan con su propio movimiento.

Tengo un mal presentimiento. El restaurante está demasiado silencioso. Sólo se escucha la cámara de fotos de la sesión de GlendaGlitter™. Me acerco a MoriBot262 y me fijo en la pantalla de su tripa. Hay un texto minúsculo que parpadea. Me da un vuelco el corazón cuando leo lo que pone:

Tardo menos de un segundo en procesar la información: Enigma es un nombre que conozco demasiado bien, el nick de uno de los cinco fundadores de MultiCosmos, los Masters. Aunque todavía conozco mejor a la mujer que se oculta detrás de su avatar, y que juró delante de toda la red que terminaría conmigo, el Usuario Número Uno.

Grito con todas mis fuerzas:

—¡¡¡AURORAAA EEESTÁÁÁ AAAQU...!!!

El estrépito de una lámpara al chocar contra el suelo eclipsa mi voz de alarma. Los guardaespaldas saltan como grillos, pero las velas de la iluminación prenden la moqueta y se levanta una muralla de fuego entre ellos y nuestra mesa. El abuelo, Alex y la profesora están tan preocupados como yo. La única que sigue a lo suyo es Rebecca, que ha conseguido un cargador y está cotilleando en Instagram.

—¡Tú! —chilla de pronto alguien por encima de nuestras cabezas. No necesito mirar para saber quién ha venido hasta aquí: Aurora Aube, la cibercriminal más buscada del mundo, me sonríe como una maníaca. Oculto por la chaqueta, sostiene un pequeño puñal plateado que tiene pinta de querer obsequiarle a mi cuerpo. Niego con la cabeza, por si acaso—. ¡Por fin llego hasta ti!

Aurora emerge del agujero que conecta la cocina con la cinta transportadora y salta a la mesa. Aplasta sushi con cada paso y salpica salsa de soja en todas direcciones. La tengo a sólo un metro de distancia, dispuesta a acabar conmigo, y puedo ver mi último aliento reflejado en sus pupilas. *Sayonara*, mundo.

Pero cuando Aurora está a punto de levantar su mano contra mí, alguien la agarra por detrás y le mete los palillos chinos por los agujeros de la nariz. ¡Es Alex! La criminal se sacude como un perro mojado para librarse de ella, pero mi amiga resiste mientras su trenza gira como el aspa de un molino. Parece que vayan a echar a volar, hasta que la asesina consigue librarse de Alex y la pobre cae como un saco sobre la moqueta. Contengo la respiración hasta que veo que se mueve.

Esta vez Aurora viene directa hacia mí, sin embargo el sonido de un disparo la detiene. Mira hacia los guardias de seguridad, pero ellos todavía están buscando sus zapatos. La asesina se asusta, corre en sentido contrario por la cinta transportadora y huye por el agujero para salvar su vida. No sé qué ha pasado hasta que veo que el abuelo suspira, sujetando una botella de champán japonés que suelta espumarajos; ha sido él quien ha provocado la detonación al descorcharla. Era lo único que tenía a mano, pero ha servido para que Aurora creyese que íbamos armados. Me pongo perdido de champán al abrazarlo. Luego Alex se une a nosotros entre sollozos.

—¡Estaba muy asustada! —Mi amiga me empapa de lagrimones.

—Yo también... ¡Das mucho miedo con unos palillos chinos en la mano! —bromeo para rebajar la tensión. A los dos nos sale la carcajada más asustada del mundo.

Para cuando los seguratas apagan las llamas de la moqueta, el peligro ya ha pasado. MoriBot262 se reinicia y empieza a lanzar consejos que ya no sirven de nada. Unos segundos más tarde, el Administrador Supremo de MultiCosmos se aparece en la pantalla de su estómago.

—¡Menos mal que hemos reaccionado a tiempo! —dice

al verme. No sé a quién se refiere con «hemos», porque sus agentes todavía están buscando el zapato izquierdo—. Lamento muchísimo este imprevisto. Pensamos que la cibercriminal no se atrevería a atacar en la CosmicCon, pero nuestra seguridad ha fracasado. Ha huido del edificio antes de que pudiéramos atraparla.

—¡¿Para esto hemos venido hasta la otra punta del mundo?! —protesta la profesora Menisco. Se toma muy en serio la seguridad. Cualquier cosa con tal de que llegue vivo al examen final de matemáticas para suspenderme—. ¡Es inadmisible! ¡Intolerable! ¡Imperdonable!

Cualquier intento de asesinato compensa sólo por ver a la Menisco riñendo a Celsius, el Cretino Supremo de MultiCosmos. El avatar se achanta visiblemente y las llamas de su corona casi se apagan.

—Le pido disculpas, señora Corazoncito16. Hemos hecho lo posible por proteger a los chicos, pero nos enfrentamos a una hacker capaz de derribar cualquier sistema de seguridad, incluso el de MultiCosmos. —Normal, ella *creó* MultiCosmos. Que nadie olvide ese pequeño detalle—. Ahora mismo no sé qué decir, salvo recomendarles que permanezcan en el restaurante hasta que la encontremos... Ni siquiera podemos garantizar la seguridad en el hotel. La criminal podría acceder a casi cualquier lugar.

Nuestro vuelo de regreso está programado para dentro de tres días, pero ninguno se atreve a salir a pasear por Tokio con Aurora en busca y captura. Celsius nos asegura que ha hablado personalmente con el primer ministro japonés para que le garantice que la criminal no abandonará la isla, pero tenemos que sobrevivir hasta que el avión despegue de vuelta el domingo.

Se hace un silencio deprimente. Si no estoy seguro ni en casa ni en Japón, ya no sé dónde viviré. Alex me pasa el brazo por encima del hombro, pero su situación no es mucho mejor. Por un momento nos imagino instalados en el Polo Norte, compartiendo iglú con Rebecca y la profesora Menisco, y me entran escalofríos. Estoy repasando la lista de estaciones espaciales a las que huir cuando una voz metálica me saca del ensimismamiento. El señor Mori ha entrado en el restaurante y se ha hecho hueco entre los miembros de seguridad hasta llegar a nosotros.

—Hay una posibilidad —dice sin ocultar su preocupación—. No es lo que habíamos previsto, pero...

—Pero ¿qué?

Hasta Rebecca ha levantado la vista del móvil.

—... Podéis refugiaros en mi casa, las torres Mori. Es la propiedad privada con más seguridad que se ha creado jamás, una fortaleza moderna. Nadie podría entrar o salir con vida sin mi autorización.

El abuelo tiene que sentarse para recuperar el aliento. Menuda risa cuando la Menisco se apresura a darle ánimos: yo he estado a punto de morir y ni me ha mirado.

—Si se entera tu madre, me mata —dice al fin—. ¿Quedan muy lejos esas torres?

<Nadie visita las Torres Mori>

El ataque de Aurora, alias Enigma, tiene sus consecuencias: a falta de garantías de seguridad, los organizadores de la CosmicCon no tienen más remedio que cancelar las actividades de la tarde y enviar a todos los frikis a casa. Menos mal, así no me da tanta envidia perdérmelas.

Rebecca no ha parado hasta que la Menisco le ha dado permiso para ir de compras a Shibuya, el punto neurálgico de Tokio para los amantes de las compras. Se ha agarrado a los tobillos de la profe y le ha suplicado «porfaporfaporfa» al menos un millón de veces hasta que ésta ha accedido.

—¡Bien! —ha gritado la pija.

—Pero te acompañará MoriBot262.

La expresión de Rebecca no es comparable a la del robot, que prácticamente ha cortocircuitado. Supongo que, para un androide tan avanzado como él, la idea de acompañar a una pija de compras es lo mismo que si te obligan a actualizar tu software ultrainteligente por un programa de combinación de modelitos.

Por desgracia para los dos, la Menisco es inflexible y no les queda más remedio que marcharse hombro con hombro hasta el barrio comercial. Alex y yo nos cuidamos mucho de disimular nuestra alegría por perderla de vista, porque Rebecca sería capaz de quedarse con nosotros sólo por fastidiar. Los guardaespaldas no deben preocuparse por ella: si Aurora me conoce un poco, sabrá que la pija no es un buen señuelo para que me entregue. Todo lo contrario.

Los planes para nuestro grupo, sin embargo, son más sofisticados: el señor Mori está tan disgustado con la situación que ofrece un dron para trasladarnos a las torres Mori. ¿Estarán en una isla remota? ¿En el interior de un volcán? Mejor que todo eso: se encuentran en el mismísimo centro de la ciudad.

Pero no todo son buenas noticias. Yo que estaba tan feliz de perder de vista a Rebecca, y el viaje todavía nos deparaba una sorpresa más: Sidik4, la chica egipcia, viene con nosotros. Se ve que Celsius ha decidido que cualquier Cosmic con más de 100.000 PExp es una víctima potencial de Aurora. La joven sube al dron de pasajeros y se sienta en el otro extremo, aunque se asegura de que capto su mirada de odio.

Durante la media hora de vuelo, el buda de traje y corbata nos cuenta que los bancos más seguros del mundo copian las medidas de seguridad de sus torres rascacielos. Ni siquiera tienen una puerta a pie de calle: son tan inaccesibles que sólo se puede acceder por el aire.

—El único inconveniente es pedir comida a domicilio —nos cuenta con su voz cantarina. La holopulsera traduce en tiempo real para que no nos perdamos nada—. Las torres son inexpugnables.

—No recibe muchas visitas, ¿verdad? —pregunta la Menisco, no sé si irónicamente o en serio.

—Tampoco ladrones, y mucho menos asesinos —reconoce con satisfacción—. Cuando eres el hombre más rico de Asia, cualquier precaución es poca.

El helicóptero es el primer prototipo de dron para vuelos urbanos, desarrollado por los mismos ingenieros del resto de los MoriBots. Al principio da un poco de yuyu, pero después de un rato de vuelo de crucero nos olvidamos de la novedad. El señor Mori estrena personalmente cada uno de los inventos de la compañía.

Por fin divisamos dos torres que destacan sobre el horizonte de Tokio, y no es hasta que estamos encima cuando

vemos las torres gemelas en todo su esplendor. Parecen dos palillos chinos inclinados, con una bola de arroz agarrada por las puntas. Cada torre-palillo debe de tener cien pisos por lo menos.

—¿Cuánta gente vive ahí dentro? —pregunta interesado el abuelo—. ¿También están los trabajadores de Mori Inc.?

—Antes trabajaban más de dos mil empleados, pero ahora todos los trabajadores son robots. Los únicos humanos de las torres Mori somos Hikiko y yo —responde con naturalidad—. Podemos estar días enteros sin cruzarnos.

—¡Mola! —gritamos Alex y yo a la vez.

A pesar de la fuerza del viento, el dron se posa suavemente en el helipuerto de una de las dos torres Mori, la orientada al norte. Es el vuelo más cómodo que he hecho en mi vida. Antes de bajar, reparo en una enorme cabeza del tamaño de un autobús que flota a un par de metros sobre el puente que une los dos rascacielos y que antes había confundido con una bola de arroz. Es una reproducción de la cabeza del señor Mori, y no para de repetir eslóganes de la compañía. Flota en el aire como por arte de magia.

—Es el invento del que me siento más orgulloso. —El señor Mori sonríe por primera vez desde el ataque de Aurora. No puedo apartar la vista de ese cabezón, suspendido en el aire entre los dos edificios. A los lados hay un montón de tubos y antenas que no paran de parpadear—. La cabeza contiene el Cerebro, un superordenador que controla el edificio y, por extensión, el resto de los robots de la compañía. Está habilitado con un satélite que supervisa y registra cada movimiento de los robots, desde los encargados de limpieza hasta las máquinas del gimnasio. Es el mayor prodigio de inteligencia artificial.

—Vale, eso está muy bien, pero ¿podría resolver mis deberes de mates?

El señor Mori ríe tímidamente. Nada que ver con la Menisco, que me echa una mirada que significa «Ni-se-le-ocurra-intentarlo».

—El Cerebro es superior al resto porque aprende de la interactuación con los demás —explica—. Desde el mismo instante en que hemos aterrizado, está estudiando vuestra conducta y evaluando la peligrosidad. En el caso de que supusieseis una amenaza para el edificio, el Cerebro se rebelaría contra vosotros. ¡Y no os gustaría su reacción! —añade de buen humor. Yo sólo trago saliva, incapaz de imaginar qué sorpresita nos depararía. Menos mal que se trata de huir de Aurora.

Con esos tubos y ese cabezón, más bien parece un pulpo gigante, pero no le digo lo que pienso porque no quiero herir sus sentimientos. Está muy orgulloso de su invento.

Cuando bajamos la escalerilla, salen a recibirnos varios miembros del personal de las torres.

—¡Pero si todo son robots! —Alex está tan maravillada como yo.

Los criados de la casa son versiones un poco más antiguas que MoriBot262. Hay un MoriBot158 que recoge nuestros abrigos y los introduce en su tripa-armario; MoriBot99 repasa la agenda con el magnate (o lo que sea que diga en japonés); y un pequeño MoriBot45 nos ofrece un aperitivo de bienvenida. A continuación, hace estallar una bomba de confeti y reproduce el sonido de una trompetilla. Es su bienvenida a las torres Mori.

—Ambos edificios están controlados por MoriBots —dice orgulloso nuestro anfitrión, dando una palmadita sobre la cabeza de su robot asistente—. Es el complejo más seguro del mundo.

—Eso si no fallan los robots... —murmura el abuelo.

Los demás nos reímos de su ocurrencia. Qué cosas tiene. ¿Por qué tendrían que fallar?

Como había explicado el señor Mori, la puerta principal del edificio no se encuentra a pie de calle, sino en la mismísima azotea, lo que pone las cosas un poco más difíciles a los intrusos. Es un enorme portón de acero con una cerradura del tamaño de un puño. Estamos seguros de que el señor Mori va a introducir una llave, pero en vez de eso, dibuja un garabato con el dedo en la superficie de la puerta. El trazo se mantiene un segundo, hasta que desaparece y suena un motor que abre las dos hojas por los lados.

—Todavía no —nos advierte. Sidik4 se queda quieta, estaba a punto de entrar—. Quedan las medidas de seguridad más importantes. Esto es sólo para que los ladrones se confíen. Mira lo que pasaría si entrases ahora...

El ricachón saca un guante del interior de su abrigo y lo lanza al otro lado de la puerta, todavía a oscuras. Entonces salta un rayo láser sobre el guante, a continuación cae una ducha de ácido sulfúrico y, por último, suena un concierto de gaita desafinada, para terminar de rematarlo. No hay intruso que sobreviva a eso.

—Desde luego, Aurora no lo tendrá fácil para llegar aquí —me comenta Alex al oído.

El señor Mori introduce un código detrás de un ladrillo secreto y desactiva la última barrera de seguridad. Ahora sí que podemos entrar, aunque lo hacemos con cuidado de no pisar el charco de ácido. Cualquiera se fía de este sistema antirrobos.

Cuando le pregunto al señor Mori si podemos conocer ya a Hikiko, su hijo, el buda nos apremia para que nos pre-

Encuentra la contraseña para acceder dentro del edificio: Une los puntos impares del 1 al 99

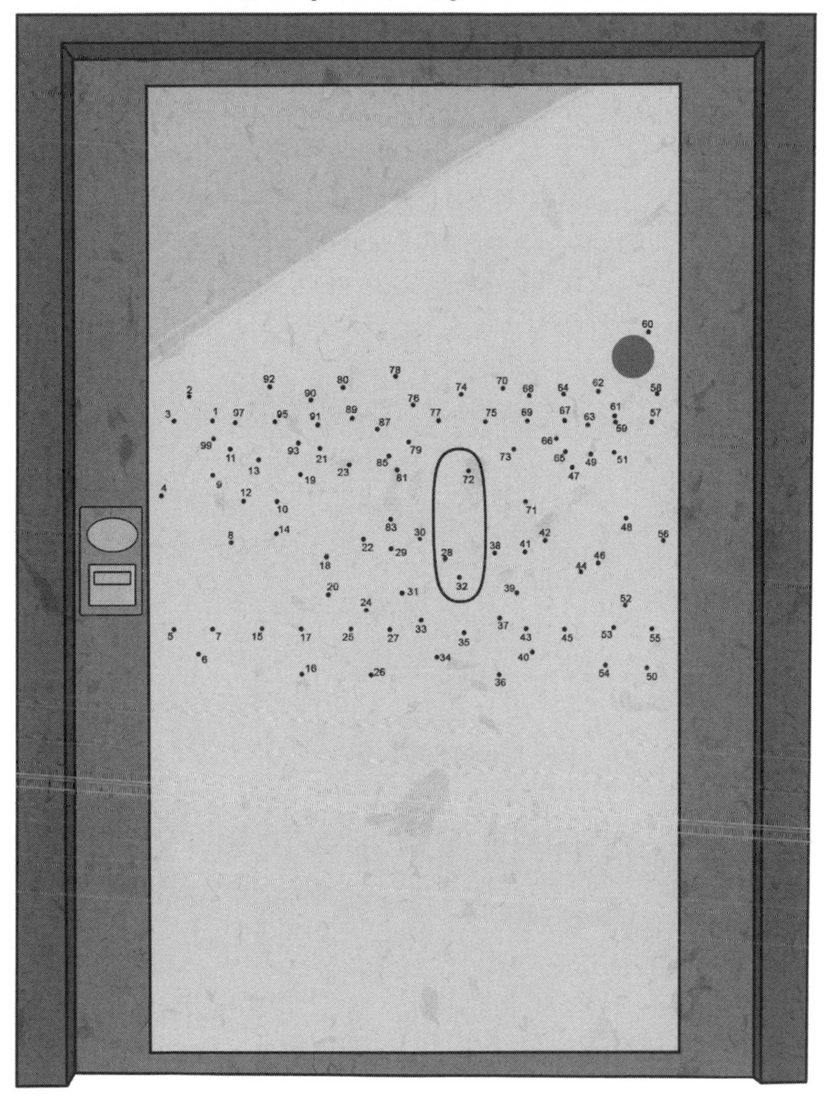

paremos para la cena. Quiero decirle que falta un montón para la hora, pero está visto que en Japón tienen otros horarios, y debe de ser un follón reprogramar los robots para adaptarlos a nuestras costumbres. Así pues, no nos queda más remedio que retirarnos a los dormitorios guiados por un par de robots vestidos con unas ridículas cofias de criadas de peli en blanco y negro. El señor Mori toma otro ascensor y se despide hasta la noche. El nuestro no tiene botones, pero nada más entrar se pone en movimiento.

—¿Cómo sabe a qué piso vamos? —pregunta el abuelo.

Antes de que podamos responder, una voz sin emoción suena por los altavoces del techo:

—Planta 25, dormitorios de invitados. No se preocupen por los botones, me han programado para ello. —La pantalla de plasma del ascensor sustituye la imagen de las palmeras para mostrar la tarjeta de visita de MoriBot201, el robot ascensor—. Encantado de conocerlos.

—Puede que sean muy educados, pero esto de los robots me parece muy frío —protesta la Menisco, que ya estaba tardando en refunfuñar.

El ascensor se da por aludido y responde proyectando imágenes de un río de lava en la pantalla. Los cuatro, incluido el abuelo, nos morimos de risa. Sidik4 no sonríe ni una vez, y eso que su holopulsera traduce hasta las carcajadas. Cada vez que reparo en ella, la descubro mirándome con odio contenido. Eso o en Egipto tienen un modo muy raro de expresar cariño.

El señor Mori ha mandado preparar tres habitaciones para nosotros; yo comparto la mía con el abuelo, que antes de que podamos deshacer las maletas ya está repasando la lista de canales de la televisión. Casi se pone a dar brincos de alegría cuando encuentra la versión nipona de *Recetas Extremas*, su programa favorito. Yo salgo al salón de la suite para hablar con Alex con tranquilidad.

—Todavía falta una hora para cenar. ¿Te parece si visitamos la torre?

Alex no necesita que la incite: su instinto de scout exploradora está en modo *on*. Pero cuando le pedimos al ascensor que nos traslade a otro piso, MoriBot201 salta con un mensaje en bucle: «La cena se servirá en 58 minutos y 38 segundos. La cena se servirá en 58 minutos y 36 segundos. La cena se servirá en 58 minutos y 34...», sin moverse ni un milímetro del piso. Finalmente abandonamos la cabina del ascensor decepcionados y, al no encontrar la escalera, regresamos a la suite. Nos lanzamos en bomba a los sillones de agua y conectamos el ordenador que nos ha prestado el señor Mori. Tiene hasta su propia impresora 3D, aunque la Menisco nos prohíbe usarla. No quiere que nos pasen la factura al irnos.

La red está que arde desde el ataque de Enigma. Los planetas de apuestas ofrecen 30 a 1 a que la Master me elimina antes de fin de mes, mientras que TeenWorld ya organiza homenajes en mi memoria. Nadie les puede negar que siempre se adelantan a los acontecimientos. Cuando nuestros avatares se conectan a GossipPlanet y cruzan la avenida hasta El Emoji Feliz, el tabernero se pone nervioso al verme, hasta que reparo que ha colgado una foto en mi recuerdo encima de las tablas del escenario. La quita con menos disimulo que yo copiando un examen.

Necesito sentarme en nuestro rincón habitual para fijarme en el tercer taburete. Últimamente siempre lo ocupaba el mismo avatar, un ninja granate que es mi mejor amigo, pero hoy está vacío. Mi grito se escucha hasta en la galaxia Madre.

—¡¡¡SPOILER!!!

Me había olvidado de él por completo. Spoiler es mi mejor amigo de siempre (o desde el verano, mejor dicho) y hemos vivido un montón de aventuras juntos. Pero las cosas han sido tan locas desde que ese dron entró en el desván de mi casa que no he tenido tiempo de escribirle ni un triste emoji. Corro a abrir el Comunicador y compruebo que no tengo ningún mensaje suyo. La agenda me confirma que está conectado ahora mismo, pero por más que le envío toques, señales de humo y hasta bombas electrónicas, no se da por aludido. Amaz∞na, que ya se está acabando su zumo de pantone, pone cara de aburrimiento.

—¿Sabías que es de mala educación mirar la holopulsera mientras estás con otro Cosmic?

—Qué raro, no he sabido nada de Spoiler en los últimos días.

Tengo motivos para preocuparme: hay una asesina en serie de Cosmics que me ha señalado con el dedo, y mis amigos son los siguientes en la lista. La elfa-enana se incorpora ligeramente. No va a reconocer que Spoiler le importa ni un poquito, aunque tiene un corazón enorme. Pero entonces señala algo detrás de mí y sonríe con suficiencia.

—Yo en tu lugar no me preocuparía mucho por él, se lo está pasando muy bien.

Me giro para ver lo que le ha divertido tanto y descubro a mi amigo en un primer plano de la tele de El Emoji Feliz. La programación está repasando los Cosmics que más Puntos de Experiencia han ganado hoy, y él se ha hecho con nada menos que con uno de los trofeos más chungos de la galaxia Adventure, la Estaca de Oro. ¡Me prometió que lo intentaríamos juntos!

Escribe y dibuja los huecos que faltan.

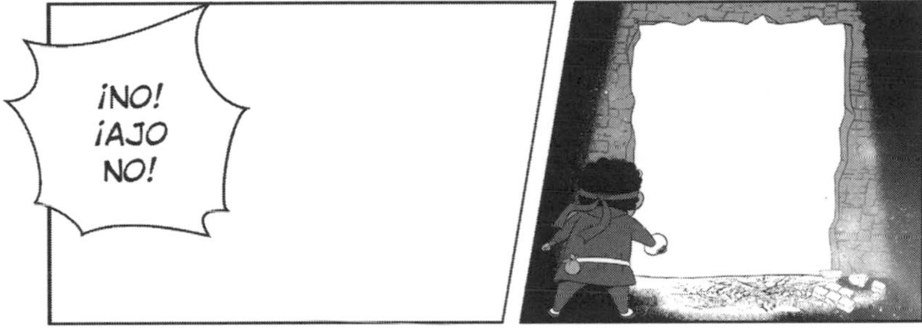

¡LA ESTACA DE ORO!

Vuelvo a escribir un mensaje a Spoiler para decirle que le acabo de ver y prácticamente le exijo que me responda. Y entonces lo hace, pero de qué modo:

Amaz∞na lanza suspiros de desesperación. Ahora que sabe que Spoiler está bien, le vuelve a caer mal. Cuando mi amigo accede a venir y se sienta a la mesa con nosotros, se saludan fríamente. Son como el día y la noche, el yin y el yang, las matemáticas y la felicidad.

Spoiler tampoco ha perdido el tiempo en los últimos días. Mientras Alex y yo viajábamos hasta Tokio, la red ha estado bastante activa, y mi amigo no ha perdido detalle de los cotilleos de MultiCosmos. Hay quien dice que los Moderadores han organizado el ataque de Aurora solamente para que no se hable de la otra superpolémica, los MultiLeaks.

—¡Es flipante! —nos grita con cuidado de que no nos escuchen el resto de los clientes. Últimamente, los asiduos a El Emoji Feliz son más peligrosos que un virus en el ordenador de un hospital—. El blog ha publicado un montón de documentos clasificados.

Durante los siguientes tres cuartos de hora, Amazoona y yo le ponemos al día de los últimos acontecimientos. Al principio, Spoiler está un poco celoso porque no lo hayan invitado a él también, pero al escuchar las historias de la recepción de los fans en el aeropuerto o la experiencia de dormir en un hotel-cápsula, el ninja se muere de risa. Para cuando la Menisco y el abuelo nos llaman a cenar, ya hemos limado las asperezas.

—No te volveré a dejar de lado —le prometo. Si algo he aprendido en los últimos tiempos es que a los amigos hay que cuidarlos—. ¿Colegas?

—Colegas —me responde, choca con mi puño y da una voltereta hacia atrás, nuestro saludo privado. No recomiendo repetirlo en el mundo real.

Cerramos sesión y vamos con los demás al comedor. Sidik4 viene con nosotros, aunque sólo responde con monosílabos, y eso que el abuelo, Alex y la Menisco hacen serios esfuerzos por integrarla. Apuesto a que prefiere la compañía de un tiranosaurio a la mía.

El ascensor nos traslada hasta la planta 45 del edificio, una sala diáfana rodeada de cristaleras con una panorámica brutal de Tokio. El comedor se compone de una sola mesa, que, gracias a la ingeniería del edificio, gira en el sentido del sol para no desperdiciar ni un rayo de luz. No necesito echar un vistazo a la cocina para adivinar que en ella únicamente trabajan robots. El señor Mori nos espera en la silla presidencial, subido a dos cojines para no parecer tan bajo.

—Les agradezco mucho que me acompañen en esta cena. —Miro el cielo azul del exterior. En mi casa no cenaríamos hasta dentro de por lo menos cuatro horas—. Es un placer contar con su presencia, aunque sea en tan terribles circunstancias.

Un ejército de robots chefs nos sirven el menú más rico de la historia. Hay sushi de todas las variedades, además de otros platos japoneses típicos. El abuelo casi salta de la silla cuando ve entrar un pez globo del tamaño de una pelota de baloncesto. Yo no paro de comer hasta que me trago un dado de wasabi, un picante tan poderoso que la lengua me abrasa hasta que me la froto con un cepillo. Casi hemos olvidado nuestra huida de la CosmicCon por la amenaza que suponía Aurora, confinados en una torre en medio de la ciudad, protegida por el sistema de seguridad más avanzado del mundo; así es imposible sentirse inseguro. El señor Mori prácticamente no abre el pico durante la cena, pero cuando empezamos a dar buena cuenta de una sandía cuadrada y se me ocurre volver a preguntarle por Hikiko, el Cosmic fantasmal, su rostro se ensombrece. Entonces comprendo que algo no va bien.

—No sé si vendrá... —se excusa, poniéndose rojo.

—Pero ¿no *eftá* en la torre? ¿Por qué no cena con *nofotrof*? —pregunta Alex, que tiene un trozo de sandía en la boca.

—Bueno... Ya sabéis... Hikiko está...

Esperamos a que termine la frase, pero no lo hace, sólo la repite al menos un millar de veces, hasta que el abuelo intenta ayudarlo:

—¿En la cama?

Entonces ocurre lo inesperado. El señor Mori se desmorona.

—¡Es una desgracia! ¡Un horror!

El hombre-buda ha perdido su expresión de permanente felicidad para mostrar su lado más deprimente. Mi profesora es la única que se levanta de su silla y le presta un pañuelo para secarse las lágrimas. Los demás estamos boquiabiertos, sin saber qué hacer.

—¿Qué ocurre? ¿La enfermedad de Hikiko es grave? —le pregunto, recordando lo que nos había explicado en la CosmicCon. Pero el señor Mori suelta otro berrido que nos pone los pelos de punta. Da más pena que un Cosmic sin Puntos de Experiencia.

—Hikiko no tiene ninguna enfermedad. El asunto es más serio —admite con voz grave. La holopulsera no expresa ni la mitad de emoción que él, completamente destrozado. Como diría mamá, ha abierto «el grifo de las emociones»—. A Hikiko... A Hikiko le han... le han secuestrado.

Todos nos quedamos en silencio, todos menos el abuelo, que se pone a reír y prácticamente da palmas de alegría.

—¡Hombre, pero eso no es grave! ¿Qué tiene de malo que el chico esté enamorado?

El abuelo y su sordera... Tengo que repetírselo a un palmo de distancia para que reaccione igual que los demás. Entonces el señor Mori continúa con su historia:

—Hace varios meses de su desaparición. Hikiko viajaba todos los días al instituto a bordo del dron de pasajeros, pero un día no regresó. Tampoco respondía a las llamadas. Después de una noche angustiosa, decidí avisar a la policía, pero cuando iba a llamar, recibí un mensaje descorazonador: «Esto es un secuestro. Colabore con nosotros si quiere volver a ver a Hikiko».

»¡Y todo por dejarle salir de las torres! —se lamenta entre lloriqueos. Tiene que sonarse la nariz para continuar—. Esperé a que los secuestradores pidiesen un rescate, pero nunca llegaba. Cada vez que intentaba denunciar, me disuadían con más mensajes. Y cuando empezaba a pensar que Hikiko podía estar... —No le sale la palabra fatal—. A falta de señales de vida... recibí una señal.

—¿Le envió una carta? —pregunta la profesora Menisco, que no se ha despegado de él desde que ha comenzado el relato. El abuelo tiene los ojillos entrecerrados—. ¿Lo llamó por teléfono?

—¡Oh, no! —El señor Mori saca su mano de la montaña de pañuelos y pulsa un botón de su holopulsera—. Recibí una señal... de MultiCosmos.

El proyector de hologramas se activa y muestra la figura de un Cosmic que reconozco al instante, a pesar de que sólo nos hemos visto en un par de ocasiones: es un avatar con aspecto de estudiante japonés, uniforme de botones incluido. Tiene cara de pasárselo bomba en los funerales. El nick HIkiko flota sobre su cabeza.

Casi me caigo de la silla cuando el Cosmic se pone a hablar:

**<<No se preocupe por mí, padre.
Estoy en un lugar seguro.
Me tratan bien.>>**

El mensaje se repite una y otra vez, hasta que el señor Mori pulsa un botón y la proyección se apaga.

—Esta señal me llegó hace dos meses. Desde entonces, ¡ni una pista, ni una palabra más!

—Es el primer secuestrado que escribe desde MultiCosmos —dice Alex en voz baja—. Lo suyo sí que es vicio.

—Pero si Hikiko es capaz de conectarse a la red, ¿no puede retomar la comunicación? —pregunta la Menisco, que cuando quiere parece la abuela de Agatha Christie—. ¿No hay modo de localizarlo?

El señor Mori niega con la cabeza y se encoge un poco más en su poltrona. Da penita verlo.

—Hikiko tiene el Comunicador bloqueado desde entonces, igual que la localización. Pero... —El grupo contiene la respiración— conseguí averiguar la procedencia de su mensaje. Es la única pista que tengo.

—¿Le escribió desde Tokio? ¿Desde algún rincón de Japón? —Sidik4 consigue asustarnos a todos cuando habla. Prácticamente me había olvidado de su presencia.

—¿Tokio? ¿Japón? —El señor Mori intenta sonreír, pero no le sale—. La única prueba que tengo de que Hikiko sigue con vida es la señal que emite desde una galaxia remota de

MultiCosmos. Se conecta a diario desde su cautiverio, sólo que los secuestradores le han bloqueado el Comunicador para que no pueda contactar conmigo.

—Ah, bueno, si está en MultiCosmos, puede llegar hasta él —digo tranquilo. A ver, no es por fliparme, pero he superado unos cuantos niveles muy chungos. No creo que un «planeta remoto» suponga ninguna dificultad.

—Lo único que necesito son unos Cosmics valientes dispuestos a una misión de rescate.

El buda nos mira con sus ojillos suplicantes. Están empañados de lágrimas. No necesito hablar con mi amiga para responder por los dos. Somos un equipo:

—Puede contar con nosotros.

Alex asiente muy convencida. Y entonces miramos a Sidik4, la chica de piedra, que sin dejar de fruncir el ceño, agrega:

—También conmigo.

Por la noche, antes de ir a dormir, el equipo Viejoven se reúne en el salón de la suite para comentar los últimos acontecimientos. Tardo veinte minutos en recuperarme del ataque de risa que me produce el pijama de corazoncitos de la Menisco, y otros tantos en resolver las ecuaciones que me pone como castigo. Esto de viajar con mi profesora de mates es un infierno.

—Se supone que hemos venido a las torres Mori para huir del peligro —dice el abuelo, que no acaba de estar convencido del plan—, ¿y ahora queréis hacer una misión espacial pe-li-gro-sí-si-ma para salvar el avatar de un muchacho que ni conocéis? Yo no entiendo nada.

—El señor Mori necesita nuestra ayuda desesperadamente. ¡No puede acudir a la policía! Por algún extraño motivo, Hikiko sigue conectándose a MultiCosmos desde su prisión. Si localizamos el avatar, podremos hablar directamente con él y saber dónde está su yo real.

El plan suena bastante lógico, aunque la lógica de mi abuelo es la del siglo pasado.

—Pero ¿cómo se puede secuestrar un avatar?

Buf. Por dónde empezar. Necesitaría cinco volúmenes de la *Guía Imprescindible de MultiCosmos* para que el abuelo empezase a entenderlo.

—Algunos planetas no tienen activada la función de salida automática. Cada mundo está diseñado al gusto de su Constructor, y existen casos de avatares que siguen atrapados en trampas desde hace años. Si encima hay un inhibidor de mensajes, el secuestro está garantizado. Lo verdaderamente raro es que Hikiko esté secuestrado también en el mundo virtual... —reflexiono. Los tres (Sidik4 se ha ido a su habitación) me escuchan atentamente, como si fuese un adulto—. Tengo una teoría: creo que sus secuestradores también son cibercriminales.

—¡Más crímenes! —se lamenta el abuelo. Está agobiado con las explicaciones que va a tener que darle a mamá.

—No correremos ningún peligro. Es una misión virtual, ¡no lo olvides! Nosotros estamos seguros aquí y tampoco tenemos mucho que hacer hasta que nuestro avión despegue el domingo. Además, el señor Mori nos ha acogido en su casa a pesar de la amenaza de Aurora. ¡No podemos negarle nuestra ayuda!

El abuelo y la Menisco finalmente acceden. Yo creo que lo que quieren es alargar el viaje para pasar más horas juntos, pero jamás lo van a reconocer. Alex y yo seguimos con los preparativos: el magnate nos ha enviado una carpeta digital con un montón de vídeos sobre la galaxia recóndita, que para complicar más las cosas, lleva su nombre. Resulta que Mori Inc. pretendía levantar el mayor complejo virtual de ocio de MultiCosmos en la recién creada galaxia Mori, pero un ataque pirata se hizo con el control y expulsó a los operarios. Sus mundos están abandonados desde entonces, tomados por los piltrafillas.

—Hace meses que los únicos que viven en la galaxia Mori son los Piratas Espaciales —dice Alex, después de repasar por quinta vez el vídeo promocional del Mori Resort—. No nos lo pondrán nada fácil para entrar.

—Vaya, hay un montón de planetas. —El holograma muestra capturas antiguas. Desde que hackearon la galaxia, la red no ha podido tomar nuevas capturas del interior—. Planeta Tobogán, asteroide Spa, Hidroluna... ¡Qué pena que estén abandonados!

Galaxia Mori

MP1

MP2

MoriPlanetas

MP3

BrilloImpecable

Parsimonia

Hidroluna

Más-All

laneta
obogán

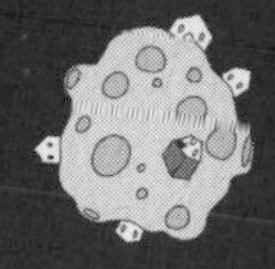

Asteroide
Spa

MP6

atención al
Cosmic

RelaxPlanet

Panel de
Control

MP4

MP5

De pronto, un ser tenebroso me ataca a traición, mordiéndome el pie por sorpresa. Casi me cuelgo de las cortinas del susto. Alex, sin embargo, llora de la risa.

—¡¡¡¿¿¿QUÉ REPÍXELES ES ESO???!!! ¡¡¡Corre, huye, salta!!!

Mi amiga se carcajea mientras levanta del suelo una especie de plato con ojos. El aparato hace un ruidito agudo y la pantalla de su superficie se ilumina para mostrar un sencillo rostro risueño. El corazón me da un vuelco cuando me guiña un ojo.

—¡Suéltalo, mendruga! —le chillo a Alex—. ¡Podría matarte!

El aparato se sonroja y muestra un mensaje en la pantalla: «Siento haberte asustado». A continuación, el texto se transforma en el emoji de un beso. Alex lo devuelve al suelo y deja que el robot continúe su camino errante por la moqueta.

—¡Ja, te has asustado con un robot aspirador! —Mi amiga se ríe cuando el aparato alcanza los dedos de sus pies y le hace cosquillas con el minicepillo—. ¿No te parece monísimo?

La pantalla del aspirador muestra dos corazones latiendo. Ahora se habrán hecho amigos y todo. Después, el robot se marcha a la otra habitación para continuar con su trabajo de limpieza.

—Vámonos a dormir —propone mi amiga—, mañana será un largo día. El ascensor nos recogerá a las nueve en punto para comenzar la misión.

Alex y yo nos despedimos por hoy. El señor Mori nos ha prometido los mejores ordenadores para la misión. Esta vez no tengo que encontrar un Tridente de Diamante ni superar las tres pruebas de una durísima competición. Este desafío es el más complicado al que nos hemos enfrentado nunca: encontrar y rescatar a un Cosmic perdido en cualquier punto de la galaxia, y traer al humano que lo controla de vuelta con su padre. Eso está muy bien, pero yo además tengo un motivo personal que no pienso compartir con nadie (no quiero que se burlen): estoy convencido de que, si viajo a la recóndita galaxia Mori, esquivaré la profecía de la adivina informática. Seguro que los algoritmos no llegan tan lejos. Es mi única esperanza de seguir siendo el Usuario Número Uno de MultiCosmos.

<El capitán>

Por la mañana, después de recargar las pilas con un desayuno a base de arroz y tortilla, el señor Mori nos acompaña en el ascensor hasta la planta 67, desde donde se ve una panorámica increíble de Tokio, con el mastodóntico monte Fuji detrás. El abuelo y la profesora Menisco se despiden de nosotros para pasear por el interior del edificio, ya que las salidas de las torres están terminantemente prohibidas hasta que nos recojan para ir al aeropuerto. Los dos no han parado de intercambiar bromas desde las ocho de la mañana; sólo de pensar que se gustan, se me quita el apetito para los próximos mil años.

En la sala recreativa, los ordenadores del señor Mori cuentan con unos asientos con sensibilidad de movimiento y gafas de realidad aumentada. A su lado, el ordenador del desván parece el palo de un neandertal.

—He transferido los planos de la galaxia a vuestras holopulseras, aunque es posible que los piratas hayan modificado los planetas a su antojo. —Sidik4, Alex y yo tomamos asiento espalda contra espalda, y nos colocamos las gafas a la vez—. Al tratarse de una zona peligrosa, el Transbordador oficial no puede entrar, pero he conseguido un piloto experimentado para la misión. Os encontraréis en el planeta más próximo.

Mis planes de incluir a Spoiler en la misión se van al garete: el señor Mori nos ruega que no compartamos nuestros planes con nadie. Aunque también puedo hacer como que no lo he oído...

—Buen viaje —nos desea con pesar. Por la cara de angustia que tiene, no sé si cargamos con suficiente arsenal—. Y mucha suerte, Cosmics.

El señor Mori se excusa porque tiene que ausentarse por una reunión, pero para cuando sale de la sala, ya nos hemos sumergido en la experiencia más realista de MultiCosmos de nuestras vidas. Al principio sólo veo una pantalla negra delante de mí, pero de pronto mi avatar se materializa en un escenario virtual.

Estamos en el planeta HarryLatino, el más cercano a la galaxia Mori (qué flipe: cuando levanto la muñeca real para comprobar el mapa, también se levanta la de mi avatar. Esta butaca tiene más sensores que el sistema de seguridad de las Joyas de la Corona). Sidik4 es la segunda en materializarse. Su avatar es bastante parecido a su yo real: una chica alta de tez morena, con una melena tan oscura como sus ojos. Su indumentaria es lo más característico: viste una especie de traje de maga y tiene una varita como arma, que guarda en el cinturón siempre que no la utiliza. Se pone a hacer estiramientos hasta que repara en que la estoy mirando.

—¿Qué miras? —me dice de mal humor.

—Nada, nada...

—Más te vale, listillo. No me gustas un pelo, que lo sepas.

No hace falta que lo jure. Finjo que tengo un repentino interés por mis uñas para que me deje en paz.

La elfa-enana aparece un segundo después justo en el hueco que hay entre los dos. Echamos un vistazo a nuestro alrededor. No se ven más que torres de castillo y lechuzas por el cielo. Mientras nos preguntamos cómo vamos a encontrar a nuestro taxista, escuchamos el rugido de un motor y una nave espacial cae en picado del cielo y se estrella contra el suelo a unos pocos píxeles de mí. Ha quedado aplastada como una lata de refresco.

Estoy a punto de ir al socorro de la tripulación cuando la nave se infla como un acordeón y las arrugas metálicas desaparecen. Un segundo después, el vehículo se posa en el suelo con la misma delicadeza que un bailarín ruso y apaga el motor. Es igualito a una caravana familiar, sólo que con motor de reacción en lugar de ruedas, la parte frontal atiborrada de pegatinas y un caballito de mar sobresaliendo del capó. Cuando estamos a punto de llamar a la compuerta, ésta se abre de repente y se asoma un avatar llamado Cíclope. Me saca dos cabezas de alto y es tan ancho como Sidik4, Amazona y yo juntos. Su cuerpo es un montón de cubos unidos y pixelados, al estilo de los primeros años de MultiCosmos, y tiene un enorme arpón de ballenero colgado del hombro. Un único ojo sobre la nariz explica su nick.

—¿Pensáis subir o tengo que meteros a patadas? —Dicho esto, el piloto suelta una sonora carcajada. Entonces nos estrecha la mano uno por uno y se presenta. Está de muy buen humor—. Me llamo Cíclope y soy el capitán de esta nave, la Chatarra Espacial. El señor Mori me ha contratado para que lleguéis vivos a la galaxia Mori. Sobrevivir allí será cosa vuestra.

Los tres entramos en la nave con curiosidad. El capitán resulta ser un Cosmic bastante cachondo, y antes de reiniciar el motor ya nos ha gastado una broma a cada uno. Hasta Sidik4 sonríe con él, aunque vuelve a refunfuñar cuando me siento cerca. Ninguno de los cuatro advierte que he dejado la puerta exterior ligeramente abierta, ni tampoco la sombra que entra sigilosamente y se oculta al final.

La nave espacial inicia el despegue de HarryLatino y sale al espacio. Durante el ascenso, el capitán nos introduce en la misión:

—La galaxia adonde nos dirigimos está tomada por los piratas, ¡que menudos son! —Me pregunto si las cicatrices de su rostro tendrán algo que ver con ellos—. No dejan que nadie entre en la galaxia por el acceso principal, pero contamos con algunos atajos. ¿Tienes las coordenadas, Bito?

Un clip con ojos saltones le da un susto de muerte a Amaz∞na al salir de la guantera. ¡Y se reía de mí con el aspirador!

—pregunta el Mob asistente.

Es un modelo tan viejo que Cíclope le tiene que repetir la pregunta con voz clara y sin faltas de ortografía. Entonces extiende un mapa de la galaxia Mori delante de él. El capitán sonríe, o eso creo apreciar en su cara de cubo, ya que tiene la expresividad de un bloque de cemento. Encuentra un acceso secundario en un lateral de la galaxia y da un volantazo para redirigir la nave. Es la primera vez que no uso el Transbordador para viajar por MultiCosmos.

—¿Hace mucho que te dedicas a esto? —le pregunto desde el asiento de atrás. El tío ríe y hace sonar los adornos colgados del retrovisor: hay recuerdos de la Batalla del Avatar Tuerto, de la Guerra de los Cien Píxeles e incluso de la fundación de MultiCosmos. Cuenta hasta con reliquias de mundos desaparecidos como Tuenti, Fotolog y Messenger, auténticas antiguallas que sólo conozco de oídas—. ¡Eres viejísimo, tron!

—Ya navegaba por internet en el siglo pasado —dice con orgullo. Amaz∞na y yo silbamos emocionados. Somos cien por cien siglo XXI—. Las cosas eran más emocionantes antes, se montaba una bronca cada dos por tres. Ahora, cuando alguien dice algo de más, ya hay tres Moderadores silenciándolo.

—¿Viste a los Masters alguna vez? —pregunta la elfa-enana, y el capitán asiente con el cubo que tiene por cabeza. Los tres espectadores contenemos el aliento: para cuando nos registramos en MultiCosmos, los fundadores ya llevaban varios años ocultos en su refugio.

—En el principio de los tiempos no era raro jugar una partida de multicromos con Mc_Ends o tomarse una pinta de ginebrytes con Nova y GOdNeSs. ¡Recuerdo cuando luché junto a Mr Rods en la reconquista del planeta Trol, ese que después bautizaron como WisdomPlanet, y más tarde como GossipPlanet! —Cíclope suelta una carcajada nostálgica—. Qué tiempos aquellos...

—¿Y Enigma? ¿La conociste?

El capitán coge aire. La mención de la cibercriminal, también conocida como Aurora, le cambia el humor.

—Preferiría no hablar de ella.

Amaz∞na me echa una mirada significativa. Pero de pronto el capitán vuelve a reír y cambia de tema como si nada. Con él es imposible aburrirse.

El viaje hasta la galaxia Mori dura tres cuartos de hora, pero Cíclope tiene tantas historias que el tiempo pasa volando. Nunca había conocido a un veterano cibernético hasta hoy. Basta echar un vistazo al interior del vehículo para confirmar que el tiempo no ha pasado por él, con un currículum tan amplio en conflictos virtuales que comprendo por qué lo ha contratado el señor Mori. Aprovecho un momento en que Sidik4, Amaz∞na y él discuten sobre el mejor postre del bar de Ona para excusarme e ir al retrete. Los avatares también tienen necesidades fisiológicas, pero mis intenciones son otras.

Nada más abrir la puerta del baño, me encuentro a un ninja granate oculto detrás del palo de una escoba. El nick Spoiler sobresale por encima. Lo suyo no son los escondites.

—Aguanta un poco más —susurro—. Tenemos que asegurarnos de que el capitán no da media vuelta para devolverte al planeta anterior... ni te echa al espacio exterior de una patada en el culo.

Spoiler asiente y suelta un «Vale, tron» muy bajito. La Operación Polizón está saliendo a las mil maravillas. Después de prometerle que no volvería a dejarlo de lado, tenía que traerlo a la misión como fuese, aunque me lleve una bronca del señor Mori. Pero no tengo de qué preocuparme, Spoiler es un Cosmic muy experimentado.

De vuelta al otro extremo de la nave, Cíclope me informa que hemos entrado en la galaxia; la frontera es una nube de asteroides que la Chatarra Espacial esquiva con precisión. Si vemos otros vehículos tripulados, el capitán les da esquinazo antes de que nos detecten y así evitamos la confrontación; no conviene que los secuestradores estén esperándonos.

Una vez superamos la barrera de seguridad, vemos de primera mano la actual galaxia Mori, y descubrimos que es un tanto distinta a la que describían los vídeos promocionales. Delante de nosotros aparecen un montón de planetas, algunos que no vienen en los mapas. Amaz∞na pasa rápidamente la ficha provisional de cada uno de ellos, buscando alguna pista que nos sugiera dónde puede estar Hikiko secuestrado.

—Hay un mogollón de planetas con cero Cosmics. —Está concentrada en su holopulsera—, así que ésos están descartados. Espera... Ahí hay uno poblado. Empecemos por él.

Cíclope da una orden a Bito, el Mob asistente, para iniciar el descenso. El clip flotante baja un par de palancas y pulsa tres botones para activar la función de descarga e iniciar el aterrizaje en un punto indeterminado del planeta BrilloImpecable.

Planeta BrilloImpecable
Galaxia Mori
Modo: Mantenimiento
Cosmics conectados: 4526

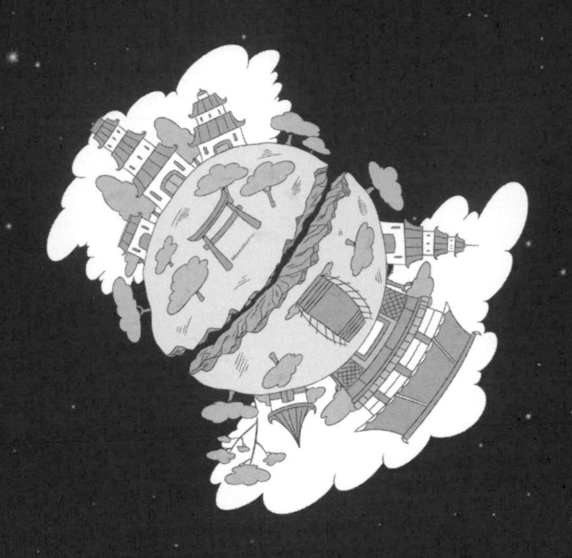

La nave entra en la atmósfera de BrilloImpecable, el planeta encargado de la limpieza y saneamiento del resort (al menos, para eso lo crearon). Visto desde cerca, parece una nuez partida por la mitad, y a falta de una elección mejor, el capitán opta por tomar tierra —o mejor dicho, píxeles— en la grieta de en medio. A pesar de la población de más de cuatro mil Cosmics, apenas se aprecian vehículos por el cielo. Ninguno viene a recibirnos, pero como se trata de territorio pirata, no echamos en falta las bienvenidas.

—Aquí estará segura la Chatarra Espacial. —El capitán aparca la caravana en un recoveco vertical, justo en la boca de una cueva que la mantendrá lejos de miradas ajenas. Hay un ligero temblor en el suelo, aunque enseguida nos acostumbramos. Tenemos que salir al exterior por la puerta frontal de la nave, igual que los calcetines de la secadora—. Guardad las coordenadas del escondite, nos veremos aquí en caso de huida.

Espero que Cíclope sea de los conductores que esperan; no me gustaría quedarme abandonado en una isla de piratas. Los cuatro salimos al exterior y chequeamos la condición atmosférica en la holopulsera: la temperatura es agradable y la luz es del 50 %. Claro, estamos justo en el hemisferio. Cuando subimos la cima, tomamos el lado del planeta donde es de día. Al principio no encontramos más que terrenos de cultivo y Mobs de ganadería (a saber de qué planeta los han robado los piratas). Pero tras una hora de paseo, en la que sentimos la curva del planeta bajo nuestros pies, alcanzamos una población. Agarro la espada binaria con fuerza por lo que pudiese pasar; a mi lado, Amaz∞na, Sidik4 y Cíclope hacen lo mismo con sus armas.

—¿No tenéis la sensación de que alguien nos sigue? —pregunta la Cosmic árabe, que ha mantenido el pico cerrado hasta ahora.

La elfa-enana y el capitán asienten.

Yo desvío la atención como puedo por miedo a que descubran a Spoiler:

—¿Os sabéis alguna canción? ¡Yo tengo una! «Un superCosmic se balanceaba sobre la red de MultiCosmos...»

Todavía estamos demasiado cerca de la frontera y no podemos arriesgarnos a que el piloto lleve a mi amigo de vuelta o, aún peor, lo abandone en el planeta pirata a su suerte. Por la mirada asesina que me dedican, comprendo que no les gustan las canciones, pero por lo menos se olvidan de la presencia que nos pisa los talones.

La aldea que tenemos delante resulta ser una ciudad de estilo japonés construida sobre la planta de limpieza del resort de vacaciones. Las casas son pequeñas pagodas, con sus paredes de madera y hormitrón, y al cabo de cinco minutos hemos visto suficientes bonsáis como para repoblar el desierto de Nevada. Para ser piratas, hay que admitir que tienen los jardines bastante cuidados. También tienen curiosos espacios de arena con dibujos rarísimos. Sidik4 dice que es parte del arte del feng shui, una técnica milenaria de relajación, aunque a mí me parece arena para gatos.

—¡Hay un Cosmic ahí! —chilla Amaz∞na de pronto. Una cabeza calva asoma por una de las ventanas. Su nick es Bab0yoga, y no tiene ni barba ni parche de pirata. Lleva una toalla enrollada a la cintura que le da un aspecto muy poco amenazante. Continuamos caminando como si nada, fingiendo que no nos hemos visto.

En el paseo por las calles de BrilloImpecable nos cruzamos con varios Cosmics más que nos miran sin detenerse: una pareja de piel azul, un grupo de niños descalzos, otro de ancianos que conversan sentados en una fuente... Es el grupo de piratas más decepcionante del universo. No asustarían ni a un recién nacido.

La solución al misterio la encontramos al llegar al centro. En la fachada de un edificio imperial, con dos dragones a los lados, se lee una pancarta escrita en varios idiomas:

Puedo imaginar quién es Plam, pero ¿quiénes son esos de Plom? La respuesta no tarda en llegar.

—¡Debemos defendernos! —grita una aldeana llamada BossA. Por lo alto que grita, debe de ser muy importante—. ¡Basta de sumisión! ¡Plom caerá y no nos volverá a robar jamás!

Una muchedumbre de avatares aplaude con entusiasmo. Nuestra comitiva se mezcla entre los asistentes para pasar desapercibidos. Veo a Spoiler guiñándome un ojo a varios píxeles de distancia.

—¿Quién es Plom? —le pregunto al Cosmic de al lado, un tío con rastas—. Somos nuevos por aquí.

Al aldeano le rechinan los dientes al escuchar el nombre de «Plom». Me da que no son los tíos más populares del lugar.

—¿Todavía no habéis pasado un día entero aquí? Plom son los piratas que viven al otro lado del planeta. —¡Por fin los encontramos! A mi lado, Amaz∞na se pone tensa, atenta a cada palabra de la conversación—. Cada noche, al irse el sol, nos saquean. De nada sirve protegernos bajo llave; vienen bajo tierra y se llevan todo lo que ven. ¡Son unos opresores!

—¿Lleváis mucho tiempo aquí? —pregunta Sidik4, metiéndose en la conversación. El tío no debe de ver mucho la tele, porque no se extraña de charlar con celebridades Cosmics—. Teníamos entendido que toda la galaxia Mori estaba tomada por piratas.

El rastafari pone los ojos en blanco, un comando muy popular para evidenciar disgusto.

—Estamos cansados de que se nos criminalice —dice enfadado—. Somos una comunidad pacífica de Cosmics que lo único que quiere es un lugar tranquilo donde vivir. No le hacemos daño a nadie.

—¡Justo lo que estábamos buscando! —digo rápido—. Estamos interesados en instalarnos.

El avatar suaviza la expresión y nos invita a conocer Plam, una aldea construida sobre las instalaciones abandonadas de limpieza. Son cientos de Cosmics venidos de todos los rincones de MultiCosmos con el único propósito de encontrar un techo bajo el que vivir. Los apartamentos gratuitos son tan cutres que tienes que compartirlos con una familia de cucarachas, y los de pago tienen precios prohibitivos, así que estos avatares han aprovechado unos edificios en desuso para instalarse al margen de la ley.

Para nuestra sorpresa, en Plam hay familias enteras: padres y madres que registran a sus hijos en la red nada más nacer, parejas separadas por miles de kilómetros físicos, pero que han encontrado un rincón común en la red. Por lo que nos cuenta kUPa, nuestro guía, los hay que llevan años de relación y que nunca se han visto en la vida real. Si mamá se entera, prepararía un reportaje especial de San Valentín para su periódico.

Para vivir al margen de la ley, los habitantes de Plam no se lo montan nada mal: han construido una fábrica de gifs, cultivan cuatro tipos distintos de megas y cuentan con su propia escuela virtual donde los niños aprenden comandos de conocimiento y creatividad. También son un poco supersticiosos y no deciden nada sin antes consultarle al Oráculo del Lápiz, que consiste en un pedestal de mármol en medio de la plaza del pueblo, con un lápiz cruzado encima de otro igual. Cada vez que la comunidad tiene que tomar una decisión importante, se acercan hasta el Oráculo del Lápiz y le formulan la pregunta. Esperan a que el lápiz superior se mueva (a veces puede tardar días) y siguen a rajatabla su decisión. En la escala de frikismo del uno al diez, los habitantes de Plam se salen del tope.

No me voy a quedar con las ganas de probarlo. Me pongo delante del Oráculo y lanzo preguntas a tutiplén: ¿Vamos a encontrar a Hikiko? No responde. ¿Aurora me va a matar? No responde. Y luego preguntas más chorras: ¿A Sidik4 le huelen los pies? Sí. ¿Amaz∞na comerá el sándwich de *spam* alguna vez? No. ¿Aprobaré matemáticas? Estoy tan entretenido con esto que no me doy cuenta de la cola que se forma a mi espalda.

El Oráculo del Lápiz

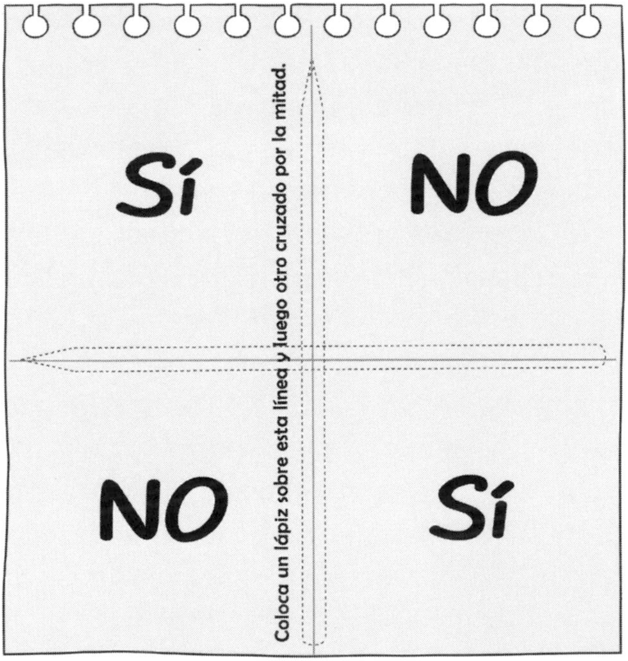

Sí

NO

Coloca un lápiz sobre esta línea y luego otro cruzado por la mitad.

NO

Sí

Entonces miro a Sidik4, que no ha parado de esquivarme desde que partimos. No puedo olvidarme de la profecía algorítmica que hizo la adivina informática, esa que decía que antes de tres días dejaría de ser el Usuario Número Uno, así que le pregunto a la máquina:

—¿Tenemos un traidor en el equipo?

No puedo esperar a que me derroten, tengo que estar preparado para engañar a mi destino (o al algoritmo, o lo que sea eso). Pero de pronto el lápiz se mueve de lado a lado, hasta que gira violentamente y se coloca sobre el panel de «Sí». No se mueve de ahí. Afirmativo. Hay un traidor, sin lugar a dudas. Sidik4 charla con kUPa como si nada.

—Esto es una chorrada —dice Amaz∞na, sin darle importancia—. Deja de pensar en la profecía esa. ¿Nos dedicamos a buscar a Hikiko o seguimos perdiendo el tiempo con esto?

Pero por si acaso, mantengo un ojo pegado a Sidik4. No me acabo de fiar de ella y, además, tengo mucha estima a mis Puntos de Experiencia.

Pronto descubrimos que Plam tiene motivos para tanta superstición. Cada noche, al ponerse el sol, parte de la producción del pueblo desaparece delante de sus ojos. Así viene ocurriendo desde el principio de los tiempos. Primero llega la noche, después sienten un ligero temblor en la tierra, y al final, en medio de un siniestro ruido que suena a «ñiñiñi», los aldeanos ven que las zanahorias, los sacos de grano de *spam* y hasta las vacas se evaporan delante de sus narices, tragados por la tierra. Los habitantes de Plam están convencidos de que los piratas que viven en la otra cara del planeta les roban sus recursos. Por eso la mayoría de las preguntas al Oráculo del Lápiz tienen que ver con modos de protegerse de los saqueadores. «¿Debo encriptar mis zanahorias?», «¿Cuál es el mejor sitio para guardar la cosecha de arrobas?», «¿Qué contraseña es más segura para proteger mi huerto?». Nuestro guía tiene palabras de consuelo para cada afectado.

—¡Mañana contraatacaremos! —exclama kUPa, alterado—. ¡Y no nos volverán a saquear jamás!

—¡Eso! —grita la gente, enfurecida—. ¡Justicia!

—Eso si los Lápices del Destino nos lo aconsejan —añade rápidamente, y todo el público asiente.

Ya digo que no toman una decisión sin el permiso del invento, y, por lo visto, los lápices nunca se deciden a darles vía libre para contraatacar. Así pasan los meses.

Esperamos a que la gente se marche a sus casas para preguntar a kUPa por Hikiko, el auténtico motivo por el que estamos aquí. No hemos tardado en relacionar el secuestro con los piratas del otro lado.

—Tú no sabrás si en Plom tienen retenido a un Cosmic, ¿verdad? —pregunta el capitán, nervioso por estar tanto tiempo quieto.

kUPa se encoge de hombros y niega con la cabeza.

—Nunca hemos cruzado la frontera —admite taciturno—, no hasta que el Oráculo esté seguro. Pero si se trata de un secuestro, no pueden ser otros. ¡Los piratas de Plom son los responsables de todos los males!

Sidik4 nos informa de que se ha hecho tarde y tenemos que parar para comer. Los cuatro, seguidos a una distancia prudente por Spoiler, regresamos a la nave en la grieta entre las dos ciudades y cerramos sesión.

La Menisco y el abuelo nos acompañan en el comedor. El señor Mori escucha atentamente nuestros avances en la misión, pero enseguida tiene que salir a atender unos asuntos urgentes. Apenas puede creer que la mitad de Bri lloImpecable esté ocupada por familias pacíficas. Sus informes estaban muy equivocados.

Un grupo de Mobs nos sirven la comida en silencio.

—Mientras vosotros viajabais por la red, hemos ido a visitar la biblioteca del piso 52 —dice el abuelo, que no le quita la vista de encima a mi profesora—. Y no sabéis lo que ha pasado...

—Se supone que las torres Mori están abandonadas, ¿verdad? —pregunta la Menisco, preocupada. Alex y yo asentimos rápidamente, el señor Mori fue bastante claro al respecto: su hijo y él son los únicos habitantes, y ahora ni siquiera Hikiko—. Eso pensábamos nosotros, pero mientras estábamos en la biblioteca, nos ha parecido ver gente en la otra torre.

—Eso es imposible —digo muy convencido—. En las torres Mori no hay más humanos que nosotros. Serían máquinas.

—Pues serían máquinas muy humanas —añade el abuelo, poco satisfecho con mi explicación.

Enseguida nos olvidamos del tema y los ponemos al día de los últimos acontecimientos. Después de darnos una panzada de arroz con pescado cocinado y servido por un puñado de MoriBots, el abuelo y la Menisco nos acompañan a la sala de ordenadores y nos desean suerte antes de volver a conectarnos. Con un poco de potra, esta tarde habremos encontrado a Hikiko.

<Ñiñiñi>

De vuelta en MultiCosmos, nuestros avatares despiertan en la grieta a primera hora de la tarde, aunque a juzgar por la media luz, los días de BrilloImpecable pasan más rápido de lo normal. Conscientes de que nos enfrentamos a un ejército de piratas, tenemos un buen arsenal listo para defendernos (a excepción de Amaz∞na, que intentará defenderse con *nosequé* de diplomacia). Subimos la pendiente de la grieta y alcanzamos la otra mitad de la nuez, Plom. Estamos listos para luchar en cualquier momento.

En esta parte del planeta se acaba de hacer de día y la luz baña los prados. También nos encontramos con terrenos de cultivo y Mobs de ganadería pastando tan tranquilos; para ser piratas, los habitantes de Plom son bastante muermos.

Cuando una hora después alcanzamos la población, nos encontramos con un espectáculo muy parecido al de esta mañana, es decir, una ciudad construida sobre los viejos edificios del resort, con Cosmics normales haciendo vida normal: hay torneos de multicromos en la calle, un cine de vídeos de YouTube y hasta un veterinario de Mobs, que justo está reparando un Mob vaca que ha dejado de dar leche por culpa de un error de código. Ni rastro de garfios, banderas negras con la calavera ni patas de palo. Nadie nos presta atención hasta que llegamos a la plaza del pueblo y vemos una multitud muy parecida a la de esta mañana. Buscamos a Hikiko entre la muchedumbre y, hartos de no tener resultados, le mostramos el holograma del avatar a una chica llamada LilaP@rks que parece inofensiva.

Enseguida nos cuenta una historia casi idéntica a la de kUPa, sólo que los enemigos son justo los contrarios. Plom también se ha repoblado con Cosmics que aprovecharon el abandono del planeta para instalarse y llevar una vida digna. Lo más extraño es que aquí también sufren los saqueos nocturnos: es irse la luz y empezar ese siniestro «ñiñiñi», acompañado por un temblor, mientras parte de su producción desaparece tragada por la tierra sin que puedan hacer nada.

Una vez hemos reunido la información que necesitamos, el capitán, la elfa-enana, la Cosmic de mala uva y yo nos reunimos en un callejón entre tres casitas japonesas.

—Hikiko no está aquí tampoco. Estamos malgastando el tiempo —dice el capitán, a quien nada le aburre más que la normalidad. Un día sin batallar es un día perdido.

—Puede que el hijo del señor Mori no esté ni en Plom ni en Plam, pero todavía no hemos averiguado quiénes son los responsables del saqueo, y podrían ser los mismos que lo tienen secuestrado —sugiere Alex.

Decidimos esperar al final del día para comprobar los saqueos en nuestras propias carnes (de avatar). LilaP@rks nos invita a cenar a su casa, convencida de que somos una nueva familia de colonos. Desconecto el cerebro mientras nos describe las mejores zonas para instalar nuestras casas.

Los primeros temblores se manifiestan nada más caer la noche. Nuestra anfitriona ha apilado todos los víveres encima de la mesa, por precaución. Primero notamos un pequeño terremoto, después oímos un «ñiñiñi» que sentimos cada vez más cerca, y de pronto la mesa se sacude, como empujada desde abajo, y dos mazorcas de bits caen al suelo. Antes de que LilaP@rks pueda agarrarlas, la tierra se las ha tragado. La aldeana maldice hasta cien insultos distintos y después rompe a llorar. Sidik4 le da un abrazo para consolarla; vaya, empezaba a pensar que dentro de ese avatar de maga no había sentimientos.

—¡Otra vez igual! ¡La semana pasada se llevaron una gallina! ¡Pero mañana atacaremos Plam y se acabará la pesadilla! —LilaP@rks se lo piensa mejor—. Eso si la Pitonisa de los Bolígrafos nos da su beneplácito, claro...

Por lo visto, Plom y Plam no paran de posponer sus respectivas revanchas. Como sus adivinos no acaban de tomar la iniciativa y ninguno se ha molestado en visitar al vecino, los Cosmics de un lado y del otro tienen teorías divertidísimas sobre cómo son los enemigos que ocupan la otra mitad del planeta. Culpan a los vecinos de todos los males, mientras que responsabilizan a su pueblo de cada cosa buena que pasa, incluyendo el sol. Se han vuelto un poquito fanáticos a un lado y otro del micromundo.

Empezamos a relajarnos cuando, de repente, sentimos el temblor una vez más, acompañado por ese inconfundible «ñiñiñi». Justo entonces Sidik4 hace ruido al sorber de una lata de refresco. Ha aprovechado la calma para rellenar la barra vital, y acaba de sacar un sándwich de *spam* del bolsillo del inventario.

—¡Guarda eso ahora mismo! —le advierte LilaP@rks. Está aterrorizada. Los saqueadores han vuelto a por el sándwich.

Pero Sidik4 tarda en reaccionar: el suelo se abre justo debajo de su mano y agarra lo que queda de comida.

—¡Eh! ¡Es mío! —grita la chica árabe, sin soltar su bocadillo.

El suelo resiste, pero Sidik4 no es de las que se deja intimidar. Forcejean durante unos segundos ante la atenta mirada del resto, hasta que el suelo gana el pulso y se lleva el sándwich tierra adentro... con Sidik4 incluida.

—¡¡¡No!!! —chilla Amaz∞na. Se lleva las manos a la boca, incrédula.

—¡Le dije que lo guardase! —protesta la anfitriona—. Ya podéis ir despidiéndoos de ella. Nunca la volveréis a ver.

Pero abandonar a Sidik4 no está entre nuestros planes. Cíclope intenta contactar con ella por el Comunicador. Repite la llamada varias veces hasta que obtiene respuesta. Su voz, al otro lado de la holopulsera, suena a música celestial.

—¡Estoy bien! —nos tranquiliza—. ¡Aunque no me puedo mover! Mi avatar está aplastado y no veo nada. ¡Estoy a oscuras! ¡Y cubierta de babas! Como siga oyendo ese ruidito, me voy a volver loca.

—Tranquila, vamos a rescatarte —le dice el capitán—. Ten paciencia.

La misión no ha podido empezar peor: veníamos a liberar a un Cosmic y ya han secuestrado a otro. Tenemos que hacer algo o vamos a quedar como el equipo de rescate más pardillo de la historia. Es el momento de entrar en acción. Si los piratas atacan desde las profundidades, tendremos que hacerles una visita. Y como no tenemos tiempo para cavar, vamos a probar un atajo: la grieta del planeta, justo donde hemos aparcado la caravana espacial.

—Esto está muy oscuro. Encended las holopulseras —dice Amaz∞na, que lleva la iniciativa.

Tres haces de luz iluminan el interior de la caverna. Cruzo los dedos para que Spoiler no haga lo mismo justo ahora, o Cíclope lo descubrirá (Amaz∞na ya lo ha visto en la plaza de Plom, pero ha cerrado el pico para no traicionarlo). El grupo inicia el descenso por la gruta; el túnel es estrecho y las paredes están llenas de protuberancias afiladas. Tengo que agacharme para no perder un ♥ por culpa de los golpes en la cabeza. El capitán lo tiene más difícil, y no le queda otra que teclear el comando m-# para disminuir en un 25 % el tamaño de su avatar. El recorrido es frío y angustioso; en el caso de que nuestros enemigos nos superen en fuerza, lo vamos a tener muy complicado para huir.

La voz de Sidik4 nos tranquiliza desde el otro lado del Comunicador, pero también nos insta a rescatarla cuanto antes. A medida que avanzamos hacia las profundidades, el temblor se redobla. Al cabo de poco empezamos a escuchar el siniestro «ñiñiñi» de los saqueos. Sólo puede significar que andamos cerca de los piratas; ojalá también de Hikiko. No querría estar en su piel: esta cueva da más miedo que la Menisco recién levantada.

De pronto una sombra se acerca veloz hacia nosotros. Yo, que he adelantado a Amaz∞na, pongo la espada binaria delante, pero el murciélago gigante pasa airoso por mi lado. Cíclope tampoco consigue atravesarlo con su arpón, y escuchamos cómo el Mob se aleja aleteando hacia la salida.

—¡No lo ataquéis! —protesta Amaz∞na—. ¡Es un Mob inofensivo!

Querría ver a la elfa-enana intentando razonar con un oso Mob dispuesto a devorarla.

El «ñiñiñi» suena con más intensidad a medida que descendemos. Cada vez estamos más cerca. Bajamos unos millapíxeles más hasta alcanzar una cámara del tamaño de un campo de fútbol. Se escuchan goteos por todas partes; hay varias formaciones de estalagmitas y estalactitas, e incluso estal@rditas, una formación horizontal exclusiva de MultiCosmos. Las puntas de todas ellas señalan el centro de la habitación, que es a su vez el centro del planeta. Justo ahí hay una bola lanuda del tamaño de un aspirador entretenida mientras devora una enorme calabaza. Emite un siniestro «ñiñiñi» con la trompa. El Mob descansa sobre una mole compacta de víveres robados: hay briks de leche, sacos de likes, sándwiches de *spam*..., y entre tanta comida sobresalen dos piernas de Cosmic: es el tronco inferior de Sidik4, que está atrapada boca abajo en medio del botín. Voy a hacer una captura de pantalla con la holopulsera para inmortalizar el momento, pero un codazo de Amaz∞na me quita la idea de la cabeza.

—No tiene gracia.

Los tres nos detenemos en la puerta de la cueva sin atrevernos a dar el primer paso. No sabemos cómo combatir a un bicho de ese tipo.

Amaz∞na estira el brazo con discreción para escanear al monstruo con la holopulsera. La base de datos de WikiCosmos nos da la información que necesitamos:

Encima de esa montaña de desperdicios, y con ese «ñiñiñi» ininterrumpido, ya no parece tan peligroso. El Mob lleva tanto tiempo abandonado que se le ha ido la pinza y ya no distingue la basura del resto de cosas. Pero la descripción, lejos de tranquilizar a Cíclope, lo incita a destruirlo. El capitán prácticamente salta sobre el bicho para convertirlo en filete de mamut.

—¡DETENTE! —grita la elfa-enana.

Pero Cíclope ya le apunta con su arpón, así que Amaz∞na saca todo su carácter, junta los labios con la boquilla de su flauta y silba con todas sus fuerzas.

—¡¡¡FIIIIIIIIIUUUUUUUUUUUU!!!

Tengo que llevarme las manos a los oídos para conservar la barra vital. Cíclope hace lo mismo. El Mob lanudo, por su parte, salta asustado y se oculta entre dos generosas sandías de su último botín. Amaz∞na, que no le tiene miedo a nada salvo a un suspenso en mates, corre a rescatar a Sidik4. Le basta un tirón por los tobillos para liberarla de la prisión. La egipcia está tan cubierta de mugre que le ofrezco una toalla de mi inventario, pero pone cara de asco al verme (no puede ocultar lo mal que le caigo) y, tan orgullosa ella, prefiere secarse con una servilleta que saca del bolsillo, aunque le lleve el triple de tiempo. Además, no deja de mirarme como si yo fuese el culpable de su situación. ¿Qué he hecho yo para que me odie tanto?

Una vez Amaz∞na confirma que la Cosmic se encuentra bien, busca al Mob para socorrerlo. Está aterrado por nuestra presencia.

—¡Es un simple Mob, insensata! —le espeta el capitán, que no está acostumbrado a que nadie detenga su arpón por defender una vida artificial—. ¡Su función es limpiar el suelo!

El bicho retrocede al ver a la elfa-enana a su lado, pero ella saca un repollo de su inventario para atraerlo y el truco da resultado. En pocos segundos el bicho ya está comiendo de su mano, eso sí, sin dejar de emitir ese repulsivo «ñiñiñi» con la trompa.

—El pobre está confundido. —Mi amiga habla en serio. Los otros dos no acaban de creérselo, pero yo ya he vivido esta escena un millón de veces—. Lo crearon para limpiar el planeta y ahora lo toman por un saqueador. ¡Él sólo cumple la función para la que lo programaron! ¡No le hace daño a nadie!

—Allá arriba no piensan igual —dice Sidik4 mientras se sienta a su lado, sin apartar la mirada del bicho. Seguro que está pensando en todos los emparedados que podría preparar con él—. Ha causado muchos conflictos entre los ciudadanos de Plam y Plom.

—¡No ha sido su culpa! —insiste Amaz∞na, y se pone entre el Mob y los demás para dejar claras sus intenciones—. Si alguien se atreve a tocarlo, primero tendrá que enfrentarse a mi flauta.

Cíclope resopla contrariado, hasta que le entra un ataque de risa y prácticamente tira a Amaz∞na al suelo de una palmada cariñosa en la espalda.

—¡Menudo carácter el tuyo, elfa-enana! —Le da otro cachete al Mob en la cabeza, aunque éste responde disparándole un montón de babas por la trompa. Esto sólo provoca una nueva carcajada del capitán—. ¡Y tú también, bichito! Has estado de suerte: esta Cosmic tiene agallas, y ya no se ven muchos avatares así.

Si no hay piratas ni en Plam ni en Plom (y viceversa), y tampoco son piratas los que hacen desaparecer la comida, sino un Mob de limpieza desconfigurado..., entonces nuestra misión en BrilloImpecable ha concluido. Propongo volver a la nave para continuar con la búsqueda de Hikiko en otro planeta, pero cuando Cíclope y Sidik4 ya salen por la gruta, Amaz∞na anima al monstruito para que la siga.

—¡No pensarás llevarlo con nosotros!

—Aquí sólo causa problemas a los aldeanos. ¡Sería perfecto para Beta! No quería decírtelo, pero tu planeta está un poco sucio.

—¿Un poco sucio? —pregunto ofendido.

—MUY MUY SUCIO.

—Oh, no no no no —respondo rápidamente, pero el Mob

ya viene con nosotros—. ¡Quédatelo tú! A mí se me dan fatal las mascotas. No consigo mantener vivas ni a las cucarachas, y eso que resisten un ataque nuclear.

La elfa-enana está feliz con su nuevo amigo. El bicho no para de olfatear todo a su paso, y va a necesitar un buen adiestramiento para no llevarse lo que no es suyo.

—Tú vienes con nosotros, Ñiñiñi.

—¿Lo vas a llamar Ñiñiñi? No no no.

Pero Amaz∞na no me hace ni caso. Los dos, Mob y Cosmic, caminan juntos como si se conociesen de toda la vida. Cuando llegamos a la caravana, espero unos segundos para cerrar la compuerta de la nave, lo suficiente para que un ninja se cuele sigilosamente.

<Más MultiLeaks>

Los tres nos desconectamos de MultiCosmos agotados. Cualquiera diría que somos nosotros, y no nuestros avatares, los que se han pateado el planeta BrilloImpecable, pero la realidad es que llevamos horas sumergidos en la red y eso cansa a cualquiera. Pedimos que un robot nos lleve la cena a la suite. Ni siquiera nos quedan fuerzas para ir al comedor.

Me doy una ducha y regreso al salón, donde el abuelo y la Menisco juegan una partida de cartas y Sidik4 y Alex hablan relajadamente en los sofás. Les oigo mencionar MultiLeaks, pero en cuanto pongo un pie en la sala, la Cosmic egipcia cambia de postura, le da la espalda a mi amiga y se concentra en su tableta.

—Capto las indirectas —digo en voz alta, con cuidado de que su holopulsera lo pille bien para traducírselo. Sidik4 no se da por aludida.

Alex y yo nos ponemos a preparar el siguiente asalto. Ahora disponemos de más información que ayer y podemos abordar el siguiente planeta sin estar en blanco.

—Los planetas MP1, MP2 y MP3 están despoblados —repasa Alex, tachando tres pequeños astros que hemos visto desde la nave—, pero todavía nos quedan una docena de planetas por explorar.

—Hoy hemos tenido suerte, pero mañana seguramente nos topemos con los piratas que se hicieron con el control de la galaxia. ¿WikiCosmos no dice nada de ellos?

—Es extraño, pero no. Lo único que he conseguido averiguar es que el proyecto de resort de la galaxia Mori fue clausurado hace dos meses. Ni un comentario sobre sabotajes. Ni una pista sobre los motivos.

—Un hackeo no es la mejor publicidad cuando eres líder tecnológico —comento. Mi amiga lo piensa un par de segundos y se encoge de hombros, más convencida—. ¿Qué hablabas de MultiLeaks con la Cosmic Más Simpática del Mundo, si puede saberse?

Alex hace un esfuerzo por contener la risa. Menos mal que Sidik4 está demasiado concentrada respondiendo a las preguntas de sus miles de seguidores.

—Me temo que ya sé por qué te odia tanto. —Alex baja el tono de voz—. Parece que los MultiLeaks no sólo se han dedicado a destapar algunas chapuzas de los Moderadores y Administradores. También ha salido un documento que... bueno... habla de ti. —Hace un silencio largo, a ver si me olvido (como si eso fuera posible), pero finalmente lo suelta—: Los documentos filtrados confirman que los Masters amañaron varias pruebas para que ganases tú.

—¿¿¿Cómo??? —Estoy a punto de echar lava por los ojos—. ¡Eso no es verdad! ¡Yo gané cada prueba del MegaTorneo! Bueno, no todas, ¡pero nadie me ayudó!

—Es lo que dicen los documentos, ¡no la tomes conmigo! —dice a la defensiva—. Pero ahora hay millones de

Cosmics que lo creen... Y tendrás que admitir que tuviste varios golpes de suerte en las pruebas...

Alex mira hacia otro lado y no me atrevo a replicar. Es verdad que ocurrieron cosas raras, como cajas sorpresa que me ayudaban cuando más lo necesitaba, o cambios de la normativa a mi conveniencia. Pero yo no decidí nada de eso. ¡Ni siquiera sabría decir por qué los Masters me querrían ayudar!

—Tienes que entender que Sidik4 fue eliminada de los dos juegos, y que en ambas ocasiones su descalificación no fue muy transparente, que digamos. Ha tenido que esforzarse mucho para recuperar su rango anterior y cree que tienes parte de culpa.

—¡Yo no la eliminé! —digo mosqueado—. ¡Fueron Qwfkr y su guante asesino!

—Eso he intentado explicarle..., pero es muy cabezota.

La chica egipcia no levanta la vista de su tableta ni una sola vez. Si quiere odiarme, no voy a esforzarme por hacerle cambiar de idea.

Las llamadas a nuestras familias nos hacen cambiar de asunto; papá y mamá lo quieren saber todo sobre las torres Mori, y les hacen jurar al abuelo y a la Menisco que no volveremos hasta que los miembros de seguridad de MultiCosmos puedan garantizar que estamos a salvo. A continuación, mi profesora nos obliga a llamar a Rebecca, que sigue al cuidado de MoriBot262. La pija apenas nos dedica un minuto para confirmarnos que se encuentra bien y que ya ha comprado medio Shibuya. Está más feliz que un perrito en un cementerio, al menos hasta que la Menisco le recuerda que mañana tenemos la clase de refuerzo de mates. Repíxeles, confiaba en que se olvidaría del asunto después de tres intentos de asesinato y un secuestro, pero no perdona una. Ha conseguido fastidiarnos la noche a Rebecca y a mí por igual.

Para terminar, el señor Mori llama a la puerta de la suite. Quiere conocer los avances de primera mano.

—Seguimos sin encontrar a Hikiko —admitimos. El buda no puede ocultar su tristeza. Lleva demasiado tiempo sin ver a su hijo. Me da tanta pena que corro a añadir—: ¡Pero mañana podríamos dar con alguna pista!

El magnate se marcha de la suite con un soplo de optimismo. Sidik4 frunce el ceño; seguro que le parece mal que le dé esperanzas. Al cabo de poco, el abuelo y yo damos las buenas noches a las demás y nos vamos a la cama a dormir. Pero incluso en la habitación tengo que soportar que el abuelo hable de la Menisco sin parar. Se comporta igual que un adolescente.

—¿Sabes si hace mucho tiempo que enviudó? —me pregunta a voz en grito. Tiene que revisarse el oído—. ¿Crees que volvería a enamorarse? Es pura curiosidad, no es que tenga interés... —añade sonrojado.

Lo que me faltaba. Hay algo más horrible que ser acusado de fraude en MultiCosmos, y es que a tu abuelo le mole tu profesora.

—Buenas noches —le digo, justo un segundo antes de dormirme.

<Niños rata>

Arrancamos a las diez de la mañana. Sólo falta un día para que despegue nuestro avión de vuelta a casa, y tampoco es que haya mucho que hacer entre tantas medidas de seguridad. Somos un equipo de rescate responsable.

Enseguida tomamos asiento en los sillones con nuestras gafas de realidad aumentada y mandos supermodernos. Aparecemos en el interior de la Chatarra Espacial, exactamente donde lo dejamos el día anterior. Cíclope ya está al timón, acompañado por su clip ayudante. Pone en marcha el motor y salimos disparados a velocidad de fibra óptica.

Nuestro primer destino es el planeta Parsimonia, donde hay una docena de Cosmics conectados. El micromundo es tan micro que apenas mide cien pasos de largo, pero hay tanta gravedad que cada movimiento que hacemos nos cuesta una eternidad. Y todo para confirmar, dos horas después, que allí sólo viven unos Cosmics sedentarios que llegaron atraídos por las promesas de tranquilidad y quedaron atrapados en el planeta hace meses. Aunque en realidad, no salen por pereza. Cuando Amaz∞na se arma de paciencia y consigue enseñarles el holograma de Hikiko, los habitantes se encogen lentamente de hombros y responden:

Para cuando terminan la frase, ya estamos de vuelta en la nave. ¡Qué infierno de sitio!

Después hacemos una parada en el planeta Jubileta, donde un centenar de Cosmics viejales llevan meses atrapados en una conga infinita. Escapamos antes de que nos obliguen a bailar con ellos.

A continuación probamos suerte en el planeta Más-Allá. El folleto de la galaxia Mori lo describe como «el destino definitivo», pero tenemos que aterrizar para comprender su significado. Cuando paseamos por la superficie, nos encontramos con un centenar de Cosmics quietos y profundamente dormidos, cada uno sentado encima de una lápida construida de hormitrón y con su nick esculpido en la superficie.

—¡Es un cementerio! —A Cíclope le parece la monda, pero a los otros tres no nos parece tan divertido. Apuesto a que tampoco se lo parece a Spoiler, que lo observa todo a veinte pasos de distancia—. Los hay que no quieren jugar a MultiCosmos nunca más, pero no tienen valor para eliminar su cuenta, así que no se les ocurre nada mejor que abandonar sus avatares en un cementerio y condenarlos a un sueño profundo hasta que les apetezca activarlos de nuevo.

Más-Allá resulta ser el rincón más siniestro de MultiCosmos. Si algún día me canso de esta web, no se me ocurrirá abandonar mi avatar en este vertedero de Cosmics. Después de revisar cada lápida, nicho y sepulcro, confirmamos que Hikiko no está aquí y volvemos a la nave. El resultado es idéntico en los tres planetas siguientes: ni rastro de Hikiko. Tampoco de los piratas, los responsables de que esta galaxia tenga menos turistas que el castillo de Drácula.

Pero no será por mucho tiempo. Esta vez, el piloto pone el modo crucero y selecciona un micromundo ubicado en un punto más profundo de la galaxia. Cada vez nos sumergimos más adentro, y eso significa más dificultades de escapar en caso de peligro. Y por el nombre de este lugar, no nos van a recibir con los brazos abiertos. Nos acercamos a LaRatonera, un planeta trol.

LaRatonera
Galaxia Mori
Modo: ~~Social~~ Tonto el que lo lea
Cosmics conectados: 661

El capitán detiene la nave a cien millapíxeles de LaRatonera, nuestro próximo objetivo. El micromundo tiene bastante más actividad que nuestras últimas paradas, y por eso nos escondemos detrás de un contenedor de datos de descarga, para que nuestros nuevos amigos no nos vean antes de tiempo. Cíclope insiste en crear un canal de comunicación encriptado para que los piratas no puedan interceptar nuestros mensajes. Mientras tanto, Sidik4 comprueba la información más reciente del planeta en Wiki-Cosmos.

—Puedo oler a los piratas —dice concentrada en la holopulsera. No puedo evitar sentir un escalofrío en la espalda (la real, ya que no conozco el comando para los escalofríos virtuales)—. Este planeta tiene las coordenadas exactas de RelaxPlanet, que pretendía ser el mayor centro de relajación de MultiCosmos, pero me temo que los usurpadores han tocado el código de programación. No me fiaría de ninguna información antigua.

La Cosmic egipcia apaga la holopulsera y le hace un gesto a Cíclope para que inicie el descenso. Una ventaja de renunciar al Transbordador es que podemos llegar a los planetas por donde queramos, sin tener que pasar por el acceso principal. Apuesto a que habrá un ejército de piratas detrás de la puerta. Las normas de uso de la web prohíben aterrizajes en sectores alternativos, pero dudo que una banda de piratas se atreva a reprochárnoslo.

LaRatonera tiene el tamaño de GossipPlanet, así que no resulta complicado hacer invisible la nave y aparcarla a la sombra de una alg@rroba. Hay luz primaveral en el exterior y la temperatura es bastante agradable. El Constructor del planeta se esforzó en que el antiguo RelaxPlanet fuese el lugar más relajante y aburrido del MultiCosmos, pero los piratas han hecho de las suyas y no tardamos en encontrar edificios con banderas negras y pintadas en las estatuas que franquean la carretera de adoquines. Todavía no hemos visto a nadie; aun así, rozo la empuñadura de la espada binaria con las yemas de los dedos, por si las moscas. Este lugar parece tan perfecto que da repelús.

Sidik4 y Amaz∞na, escoltada por su nueva mascota Ñiñiñi, guían al grupo, y Cíclope y yo las seguimos mientras charlamos. Me mola pasar un rato con él: conoce un montón de anécdotas flipantes y es una fuente inagotable de comandos raros. Justo está enseñándome la combinación de teclas para girar el avatar como un tornado cuando un gatito azul se cruza en nuestro camino. Es la bola de pelo más preciosa del mundo, y ya se sabe que cuando veo un felino, no respondo de mis actos.

—Ay, gatito bonito. Mono monito mono —digo como un imbécil. Lo sé, suena ridículo, pero ES-UN-GA-TO. No lo puedo evitar. Amo a los gatos, todas las clases de gatos. Querría abrazarlos a todos, aunque eso sería imposible. Le hago el cuchicuchi para que venga hasta mí, pero el gato azul suelta un bufido indiferente—. Ven aquí, minino...

El gato se tumba boca arriba para que le rasque esa tripita blanca ultrasuave, pero de pronto Sidik4 viene hasta mí como un rayo y prácticamente me empuja a varios pasos de distancia. Está como poseída.

—¿Qué haces? —le digo mientras me pongo en pie. He caído de culo, para variar.

—¡Mantente alejado de los gatos virtuales, insensato! —exclama fuera de sí—. ¡Son peligrosos!

—¿Te has vuelto loca? ¡Son adorables! ¿Qué me podrían hacer?

—¡Eso quieren hacerte creer, idiota! —Sidik4 apunta al gato con su varita, cuya punta se enciende como un ascua incandescente. Entonces el Mob le enseña los dientes, pero cede y se marcha corriendo por donde ha venido—. ¡Eso, aléjate, bola peluda! ¡Y ni se te ocurra volver!

—Era sólo un gatito... —le digo en voz baja. Estoy en estado de shock, pensaba que todo el mundo amaba a los gatos.

—¡No tienes ni idea de nada! —me grita la egipcia. La elfa-enana tiene que agarrarla para que no me ataque a mí también—. ¡Te paseas por MultiCosmos como si fueses una estrella, pero no eres más que un fraude!

Está tan furiosa que lanza una maldición con su varita que produce un socavón en el suelo. Los tres nos quedamos en silencio, bloqueados.

—Entendido. Nada de gatos —digo para calmarla.

Sidik4 ha perdido el norte. Eso de dedicarse profesionalmente a luchar la ha hecho enloquecer. Dejo que Amaz∞na la tranquilice mientras retomamos el camino; Cíclope está tan sorprendido como yo.

—Es una chica un poco rara —dice sin ocultar una risita. Tengo que esforzarme por no imitarlo: Sidik4 sería capaz de atravesarme con su varita si me pillase riéndome.

A veinte pasos de distancia, con cuidado de que no lo vean ni los piratas ni mis compañeros, está Spoiler, que no está dispuesto a perderse ni media aventura. De vez en cuando me doy la vuelta y levanto el pulgar para indicar que todo va bien; no quiero que se preocupe por la escena que acaba de ocurrir. Tengo cuidado de que el capitán no descubra a mi amigo; el señor Mori fue muy claro con su rollito de secretismo total.

De pronto oímos un chillido agudo proveniente de una de las termas de los lados. Cada vez suena más cerca, así que levantamos las armas, pero en vez de aparecer un Mob monstruoso que nos saque de esta tensión, entre las columnas surge un Cosmic con las manos en alto y expresión desesperada. Es tan pequeño que me llega a la altura del ombligo, a diferencia de las orejas, con las que podría echar a volar en cualquier momento. Dos enormes incisivos le llegan hasta la barbilla.

—¡Ayuda! ¡¡¡Auxilio!!!

Su nick es Roedor9. El avatar se detiene a pocos píxeles del grupo y se desploma en el suelo. Al principio no sabemos cómo reaccionar, pero Amaz∞na desoye nuestros consejos y se arrodilla para levantarlo. El Cosmic recupera la respiración y se pone a darle besitos en la mejilla a la elfa-enana hasta que lo sienta sobre las ruinas de un monumento-homenaje al entrenamiento de Pilates.

—Tranquilo, nosotros te protegeremos —le dice mi amiga. El niño rata necesita varios minutos para recuperarse—. ¿De qué huías? ¿Hay piratas cerca?

Roedor9 asiente moviendo la cabeza como un martillo neumático. Parece que le ha gustado Amaz∞na, aunque Ñiñiñi lo olfatea con su trompa y retrocede disgustado. No le gusta lo que huele, aunque a juzgar por esa ropa llena de mugre, no lo culpo.

—¡Son unos abusones! —El Cosmic rompe a llorar y la elfa-enana lo consuela con un abrazo. El niño sonríe ligeramente—. ¡Se aprovechan de nosotros porque somos pequeños!

—¿Quiénes sois *vosotros*? —le pregunto—. ¿Y quiénes son *ellos*?

Durante la siguiente media hora, Roedor9 nos pone al día de los últimos acontecimientos de LaRatonera, el capítulo que WikiCosmos todavía no ha podido incluir: el planeta fue invadido por los piratas junto con el resto de la galaxia Mori, y algunos niños como él aprovecharon las circunstancias para instalarse en el micromundo abandonado. Lo único que querían era un espacio donde jugar sin las estrictas normas del resto de MultiCosmos (los Moderadores pueden ser un poco plastas a veces), y al principio funcionó. Pero los piratas se presentaban en el planeta cada dos por tres, arruinándoles la partida y saqueando sus inventarios y depósitos de cosmonedas. En este momento, Roedor9 huía del cuarto ataque en lo que iba de mes. Sidik4, paladín de los oprimidos, se indigna a medida que el niño avanza en la historia. Y antes de que termine, se nos han acercado más y más niños rata como él. Sus nicks y avatares resultan muy parecidos. De pronto, nos vemos rodeados por un grupo de medio centenar de Cosmics minúsculos, de orejas gigantes y colas de gusano. Necesitan ayuda desesperadamente.

—Nosotros sólo somos cuatro —me excuso para continuar la búsqueda de Hikiko cuanto antes—. Dudo que podamos...

—¡Te conozco! ¡Tú eres el Usuario Número Uno! —chilla un pequeñajo llamado Rata_tatá. Los demás aplauden emocionados igual que si los hubiera visitado una divinidad—. ¡No hay rival que se resista al Tridente de Diamante!

—Bueno... Sí, molo bastante, es verdad. —Sidik4 carraspea la garganta. Vale, a lo mejor he sonado demasiado flipado. Amaz∞na ha puesto los ojos en blanco.

Una vez se han calmado, los niños rata nos llevan a conocer la ciudad, adaptada a sus necesidades. Había escuchado muchas historias sobre este tipo de Cosmics, pero no parecen tan malos. Excesivamente entusiastas, sí, y un poco histéricos, también, pero nada que ver con las cosas horribles que cuentan de ellos. No sé de dónde vendrá su leyenda negra.

Estos pequeños habitantes han reformado varios edificios del planeta para adaptarlos a sus juegos: los baños termales se han convertido en la piscina de Aguadillas, el Palacio de la Manicura sirve para un doloroso juego llamado «el aplastadedos» y el Centro de Maquillaje es ahora el Centro de los Monstruos, donde se dedican a deformar sus rasgos. Los niños rata nos llevan de un lado a otro, deseosos de que lo visitemos todo. Con esos chillidos agudos no hay quien los interrumpa. Los cuatro nos esforzamos por redirigir la conversación hacia Hikiko, pero siempre gritan más alto que nosotros, hasta que lo olvidamos.

La visita turística se ve interrumpida cuando suena una alarma y los niños rata se ponen a chillar y a corretear como pollos sin cabeza, movidos por el pánico colectivo; alguien debería prohibirles beber refrescos con cafeína. Hace falta que Sidik4 dé una sonora palmada para que todos se paren en seco. ¡Menudo carácter!

—¿Se puede saber qué pasa? —pregunta preocupada. Los niños rata se ponen a hablar a la vez, aumentando el guirigay—. ¡De uno en uno, por favor! Roedor9, habla tú.

El Cosmic da un paso al frente para explicarse. Por lo visto, la alarma que oímos de lejos es la señal del último ataque de los piratas. El niño rata casi no puede hablar de la rabia cuando nos cuenta que están atacando la Plaza de los Masajistas.

—¿Cuántos son? —le pregunto.

—¡Seis! —chilla Roedor9, que casi no puede contener la ira—. ¡Tienen a Rata8ymedio y a Ratón7 atrapados! ¡Les encanta fastidiarnos!

—Espera, ¿tienen a unos niños? —Amaz∞na me dirige una

mirada significativa. Aprieto el botón de la holopulsera para mostrarle el avatar de Hikiko—. ¿Has visto a este Cosmic?

Los niños rata gritan una vez más. Tengo que golpear la espada binaria contra el suelo y lanzar un chispazo al aire para que se haga el silencio. Así está mejor.

—¡También lo tienen a él! —lloriquea Roedor9—. ¡Son muy malos! Si no hacéis algo, lo matarán junto a los demás.

Cíclope, Sidik4, Amaz∞na y yo nos ponemos en marcha. ¡Por fin hemos encontrado a Hikiko! Los niños rata dicen que son sólo seis piratas; puede que signifiquen mucho contra unos Cosmics renacuajos, pero no contra nosotros, cuatro de los mejores jugadores de MultiCosmos (Ñiñiñi aparte). No tardamos ni un segundo en echar a correr.

La Plaza de los Masajistas no está lejos de aquí. Los pequeños nos guían a la carrera y nos animan con gritos de guerra, mientras el equipo de rescate improvisa un plan para liberar a Hikiko y a los demás. Hace tiempo que no practico comandos de lucha.

Giramos varias calles y centros de belleza hasta que alcanzamos una plaza redonda presidida por cuatro edificios con formas de mano. Los dedos se mueven en el aire, como si masajeasen las nubes. La vía está desierta, pero escuchamos gritos provenientes de uno de los edificios. No nos lo pensamos dos veces y entramos para pillarlos por sorpresa.

Pero dentro no hay ningún pirata.

Ni tampoco Hikiko, el Cosmic fantasmal.

Dentro sólo hay una trampa que salta en cuanto el último de nosotros pone el pie, y nos lanza a los cuatro y a Ñiñiñi por los aires.

<Nunca te fíes de un niño rata>

El mecanismo de la trampa nos ha atrapado en una red que ahora mismo se balancea, unida a una cuerda, del techo del vestíbulo. Enseguida entran los niños rata detrás, con Roedor9 a la cabeza. Están muertos de risa y agitan unas lanzas en el aire. Y yo que pensaba que sólo tenían piruletas en el inventario... Parecen la sección infantil de una tribu de caníbales.

—¡Ayudadnos! ¡Estamos atrapados! —les grito desde arriba. Sidik4 se sopla un mechón de pelo, frustrada. Amaz∞na se lleva las manos a la cabeza.

—Nos han tendido una trampa, mendrugo —dice la elfa-enana—. ¿A quién se le ocurre confiar en un niño rata?

Roedor9 estira su lanza para pincharnos en el culo. Ñiñiñi le muestra los colmillos, pero, atrapado en la red, no hay nada que pueda hacer.

—¡Sois tontos! ¡*Mu* tontos! —Ríen histéricos. Por suerte, no parecen demasiado peligrosos—. Pensábamos que este planeta no nos podía dar más diversión. Somos especialistas en arruinar la partida de los demás; nos han echado de casi todos los planetas de MultiCosmos, y no nos quedaban muchos lugares a los que ir, ¡y de pronto aparecéis vosotros por la calle! ¡El Usuario Número Uno en persona, acompañado por otros Cosmics famosos!

—¿Podéis bajarnos ya? —pregunto aburrido—. Como no nos liberéis ahora mismo, pienso chivarme a vuestros padres.

Los niños rata chillan aterrados, pero enseguida comprenden que voy de farol y vuelven a amenazarnos con sus lanzas, mientras sueltan una retahíla de insultos infantiles. Es lo que tienen: se sienten muy valientes cuando ellos están unidos y tú indefenso.

—Te liberaremos con una condición: ¡que nos entregues el Tridente de Diamante! ¡Dánoslo y serás libre!

—¿El Tridente? —Me río. Estoy a punto de explicarles que lo tiene Amaz∞na, pero ésta me da un codazo tan doloroso que me hace cambiar de idea. No ganaremos nada diciéndoselo—. Es un arma muy peligrosa, chaval. No sabrías desactivar el control parental.

—¡¡¡La quiero!!! —chilla histérico, y tengo que taparme los oídos (reales) para no quedarme sordo.

Hemos pecado de pardillos. Al final resulta que su mala reputación no era infundada. Había escuchado algunas historias sobre Cosmics obsesionados con fastidiar a los demás, sin más interés que matar a los rivales y robar sus botines, ¡pero nunca imaginé que fuesen niñatos! Los Moderadores los han expulsado de tantos planetas que han acabado instalándose en la galaxia Mori, adonde no llegan los miembros de seguridad. Y nosotros hemos caído en su trampa como principiantes. No tienen ni idea de quién es Hikiko, ni han visto un pirata en su vida. Apuesto a que cada objeto de su inventario lo han robado de los incautos que han pasado por aquí.

—Lo sentimos, chavales, pero no podemos perder más tiempo. Si nos permitís...

Saco la espada binaria de la funda e intento cortar la red, pero la tela repele el ataque. Los niños rata se ponen a reír satisfechos.

Pero la alegría les dura poco. De pronto se escucha un ruido sobre el edificio, y por la cara de miedo de nuestros anfitriones, apuesto a que no son más niños rata. Suena igual que un sillón de masajes con gasolina.

—¿Qué repíxeles...? —digo en voz baja.

De repente el techo del edificio salta por los aires y una docena de Mobs robóticos caen sobre los niños rata. Son máquinas masajistas, pero sus manos, en vez de relajar, hacen pedazos a cada Cosmic que se cruza en su camino. Enseguida se forma una batalla campal que los cuatro presenciamos desde nuestro palco de honor (también conocido como «trampa»). Los Mobs llevan las de ganar, pero cuando estoy a punto de cantar victoria, uno de los robots con pinta de geisha metalizada y especialista en masajes de espalda levanta su cabeza, nos localiza y se abalanza en modo ataque. Vaya, pues no eran nuestros salvadores. Sus cuchillas de depilación van a hacernos picadillo. Los cuatro intentamos liberarnos de la red sin éxito, hasta que una figura salta sobre nosotros y rompe la cuerda de un disparo. Caemos contra el suelo, libres... pero con el trasero dolorido.

—¡Justo a tiempo! —grita Spoiler, el héroe del día. Los Mobs y los niños rata están igual de sorprendidos con su llegada. Lo mismo se puede decir de Sidik4 y Cíclope, que no adivinan de dónde ha salido nuestro salvador—. ¡Corred, trons insensatos!

Una vez han expulsado a todos los niños rata de la sala, los Mobs la toman con nosotros. Hay un rival para cada uno, incluso para Ñiñiñi, que demuestra esconder una bestia parda debajo de ese diseño de peluche. Corrijo: un rival para cada uno menos para mí, que me enfrento con dos Mobs: un robot que antaño masajeaba pies y que ahora los machaca, y otro con un blanqueador dental en la cabeza capaz de agujerear mi avatar de lado a lado. ¡Qué miedete!

Hago una floritura en el aire con la espada binaria con intención de intimidarlos, pero sólo consigo provocarlos más. Los dos saltan sobre mí y yo corro a la escalinata del vestíbulo: pulso Alt + ∂ para apoyar un pie en un escalón y dar una vuelta en el aire sobre mí mismo. Aterrizo sobre la cabeza del Mob dentista.

—¡Yihaaaa! —grito igual que un vaquero del planeta FarFarWest.

El Mob se encabrita, pero le clavo la espada entre los tornillos antes de que me arroje por los aires. ¡100 PExp para mí!

+100 PExp

El otro Mob toma carrerilla para atacar. Sus engranajes giran y sacuden sus músculos de masajista de pies. Tiene el doble de potencia que el robot anterior. Entonces dispara un proyectil a propulsión que me impacta de lleno en la tripa. ¡Adiós ♥♥! Antes de que me dé tiempo a reponer la barra vital, el Mob vuelve a la carga, pero esta vez no me pilla por sorpresa y esquivo su proyectil —un dedo con una uña afilada— a tiempo. Echo a correr como una gallina.

—¡Ven a por mí! —grito.

Mi única salvación es engañarlo. De camino a la salida del edificio me cruzo con Spoiler, que sopla la punta de su pistola de bolas después de terminar con su rival, y con Sidik4, que está a punto de lograrlo con un hechizo de efecto 2000. Cíclope propina un buen arponazo a un Mob recepcionista, mientras que Ñiñiñi muerde al Mob que intenta contraatacar a Amaz∞na, fiel a su flauta defensiva. Sobrevivirán.

Yo no lo tengo tan claro. Salgo a la plaza con el Mob pisándome los talones y me encuentro de frente con la horda de niños rata. Su cara al verme es un rap. Me giro, atrapo al Mob con un lazo y lo lanzo contra ellos dibujando una circunferencia; con el impacto se lleva a decenas de Cosmics por delante. Al final no queda ni rastro del robot y los pocos niños rata que aún están en pie se marchan lloriqueando como bebés. ¡Victoria! De vuelta al interior del edificio, mis amigos ya han terminado con los Mobs restantes.

Sidik4 y Cíclope rodean a Spoiler, que de pronto tiene que explicar qué hace ahí. Lo han tomado por un pirata.

Necesitamos un rato para explicarles la verdad: ha venido con nosotros todo el viaje. La Cosmic maga se da media vuelta enfadada porque no hemos contado con ella, pero el capitán, lejos de mosquearse por la mentirijilla, se echa a reír.

—¡Así que teníamos un polizón! ¡Y yo que pensaba que las tuberías hacían ruidos raros!

—Es que llevo días sin comer —se excusa Spoiler, muy digno—. ¿Tenéis un sándwich de *spam* por ahí?

El reloj marca las diez de la noche cuando nos desconectamos y regresamos a la realidad. La sesión de hoy ha sido maratoniana, y el señor Mori hace rato que nos espera pacientemente junto a las butacas de la sala recreativa. Ninguno de nosotros tiene valor para admitir que seguimos sin pistas de Hikiko, pero nuestra cara lo dice todo. El pobre no puede contener las lágrimas de decepción, aunque nos anima a volver a intentarlo al día siguiente. Será la última oportunidad, después tendremos que tomar el avión de vuelta a casa. Daría lo que fuese por poder ayudar a nuestro anfitrión.

—Tus abuelos ya te esperan en el comedor —me dice antes de retirarse a sus aposentos, visiblemente triste.

—¡Menisco no es mi abuela! —digo asustado.

Durante la cena, el abuelo y la profesora cierran los ojos cada dos por tres. Pienso que es culpa de la hora hasta que nos cuentan que se han pasado el día en el spa de la torre, más relajados que un oso perezoso en una tienda de colchones. Sólo de imaginármelos juntos en la piscina de burbujitas se me ponen los pelos de punta. La Menisco y el abuelo... ¡¡¡Arg!!!

—Si no llega a ser porque las máquinas se han parado de golpe, no nos vamos de allí hasta pasado mañana —bromea el abuelo—. Mucha tecnología punta, pero estos aparatos fallan más que el horóscopo.

Aun así, la Menisco todavía saca fuerzas para cumplir su amenaza: el repaso de ecuaciones. De vuelta a la suite, la profesora abre el maletín de torturas y extrae un montón de libros y cuadernos de matemáticas. Tiene un ojo puesto en mí y otro en el ordenador: su avatar, la motera Corazoncito16, ha quedado en el planeta Numérico con Rebecca-G1amour, la versión Cosmic de la pija más insoportable del mundo. No nos libramos del castigo ni en la otra punta del mundo.

—Y nada de utilizar la calculadora del móvil —le advierte la profesora a mi compañera, que está conectada a pocos kilómetros de aquí.

—Ojalá pudiese —protesta su avatar. Es una mezcla entre supermodelo y avestruz—. Ese insoportable robot que me ha puesto como guardaespaldas no me deja hacer nada. Está muy raro... Yo creo que le fallan las pilas.

Después de un rato interminable, conseguimos aprobar la lección. Eso y que la Menisco se ha dormido tres veces sobre el libro de texto.

A medianoche, cuando Sidik4 está concentrada con su tableta y los demás se han ido a descansar, Alex y yo aprovechamos para comentar las últimas actualizaciones. Como nuestros avatares están a bordo de la nave, en los confines de la galaxia Mori, no podemos regresar a Gossip-Planet así como así, pero todavía nos llega la señal a la holopulsera. Lo primero que hacemos es leer las últimas filtraciones de MultiLeaks.

—¡Qué fuerte! —exclama Alex, atenta al blog.

—¡Ya te digo! —respondo—. ¡Acabo de averiguar el nombre real de ElMorenus! ¡VAS-A-FLI-PAR!

—No digo eso, mendrugo. —Alex me pone su protoholopulsera en la nariz y señala el último titular—. ¡LEE ESTO!

Obedezco como un perrillo. La noticia me golpea como un misil y me recuerda una vez más la profecía algorítmica:

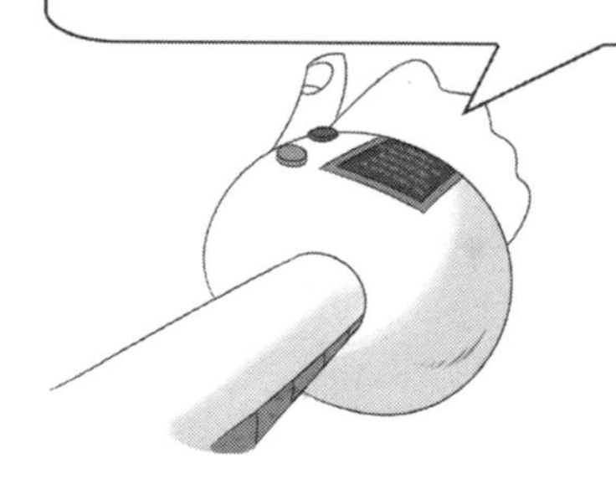

Tardamos cinco minutos en asimilar la información.

—¡¿Qué es esto?! —Me froto los ojos con los codos—. Hace dos días, MultiLeaks decía que los Administradores habían amañado el juego para que ganase yo. Y ahora dice justo lo contrario. Es para volverse loco.

—Sí que es raro... —admite Alex, enredándose con su larga trenza—. No entiendo nada.

Pero la información del blog no deja lugar a dudas: MultiLeaks aporta un sinfín de documentos (sin contrastar) que aseguran que los Administradores y los Moderadores de la web han montado una campana para devolverle a Qwfkr su puesto de Usuario Número Uno. Hay un artículo que asegura que el apodo «Destrozaplanetas» salió del propio planeta de Moderadores. Según la filtración, están decididos a arrebatarme el reinado, aunque no sé si debería creérmelo. ¿Por qué iban a querer beneficiarme primero y perjudicarme después? No tiene sentido. Para empeorar la situación, sólo faltan veinticuatro horas para que se cumpla la profecía de la adivina informática. Si ella tenía razón, me derrotarán antes de mañana por la noche. Ojalá pudiese preguntarle de nuevo para saber si mi huida a la galaxia Mori ha servido de algo.

De pronto escucho una voz desde una esquina del salón. Es Sidik4, de quien nos habíamos olvidado. Me habla en árabe, pero la holopulsera traduce al segundo.

—Lo siento.

Tengo que frotarme los oídos. ¿Seguro que he escuchado bien? ¿Sidik4, la Cosmic que me odia, que no ha parado de mostrarme desprecio desde el día que la conocí, me dice que lo siente? ¿Y qué es lo que siente? Tengo que pedirle que lo repita para confirmar que la holopulsera no se ha vuelto loca.

—Lo siento —insiste. Por lo bajito que lo dice, no le está resultando nada fácil disculparse. Coge aire antes de proseguir—: Estaba furiosa contigo porque pensaba que hacías trampas, pero después de escucharos... tengo que admitir que juegas limpio.

Vaya con las holopulseras... ¡Sidik4 se estaba enterando de todo!

—Esto... Gracias. —Es todo lo que se me ocurre decir por ahora.

La chica árabe se aparta el flequillo de la cara y guarda unos segundos de silencio antes de continuar:

—No soporto a los tramposos. Los odio desde que era pequeña y jugaba contra mis siete hermanos mayores y sus amigos. —Sidik4 ya no me mira a mí o a Alex; está concentrada en sus recuerdos, como si hablase consigo misma—. Yo era la más pequeña del grupo y la única chica. ¡Y los machacaba en todos los videojuegos! Los mayores me decían para fastidiarme que hacía trampas. Sus acusaciones me ponían furiosa y me obligaban a esforzarme más y más. He ganado cada PExp por méritos propios. —Sidik4 sonríe como si aún estuviese en esa época—. Primero me convertí en la campeona de MultiCosmos de casa, después en la número uno del barrio, más tarde de la ciudad... y cuando tenía doce años, ya era la mejor jugadora de Egipto. Somos una familia muy humilde, pero gracias a las competiciones todos mis hermanos y yo hemos podido estudiar.

Y yo quejándome del repaso de matemáticas. Siempre consigo quedar como un idiota.

—Yo tampoco hago trampas —le digo muy serio—. Soy el primer sorprendido con las historias de MultiLeaks: no puede ser que los Masters beneficien a Qwfkr y a mí al mismo tiempo. Somos rivales. Hay algo raro que no sabemos. —Alex asiente para darme la razón.

—Me llamo Loftia, por cierto —añade Sidik4, es decir, ¿Loftia? Había olvidado que existen los nombres «de verdad». Nunca es tarde para presentarte, sobre todo a alguien que te consideraba su archienemigo hasta hace cuatro minutos—. ¿Y tú?

—Yo me llamo... ¡¡¡Ay!!!

Casi salto encima del sillón del susto. Sidik4 llora de la risa mientras Alex le da una palmadita en la superficie al robot aspiradora, que tiene cierta fijación con mis pies. Espero que mi amiga no piense que tengo roña entre los dedos.

Como ya es muy tarde, nos damos las buenas noches y nos vamos a nuestros respectivos dormitorios. Tengo que colocarme el cojín sobre la cabeza para no oír los ronquidos del abuelo, pero me pongo a contar Mobs ovejas y caigo rendido.

<Mobs a cascoporro>

El tercer día no nos despierta ningún MoriBot, sino el propio señor Mori en ropa de dormir, tan alterado que parece que vaya a echarse en mi hombro y romper a llorar. Al principio sólo farfulla cosas incomprensibles, pero cuando consigue calmarse, nos cuenta el motivo de su desesperación.

—¡He recibido un nuevo mensaje de los secuestradores de Hikiko! —traduce su holopulsera. Lo que él dice se parece más a 私は誘拐犯からのメー. ¡Han descubierto que estáis buscándole por MultiCosmos y quieren que deis media vuelta! ¡Amenazan con la resolución final!

«Resolución final.» Eso es lo que dice mamá cuando amenaza con cambiar la contraseña del wifi. Pero para el señor Mori tiene un significado muy distinto, con sangre de por medio. Trago saliva. Esto no es ningún juego.

—¿Qué puedo hacer? —se lamenta el magnate, tan ridículo él con su pijama de cervatillos—. Si no lo encuentro, morirá. Si le busco, también. Y tampoco puedo pedir ayuda a la policía.

Alex, Sidik4 y yo, junto con la Menisco y el abuelo, discutimos durante largo rato. No queremos causar ningún daño a Hikiko, pero tampoco podemos rendirnos y abandonarlo a su suerte. Ser el Usuario Número Uno conlleva unas obligaciones, rescates incluidos. Además, aunque sólo nos hayamos visto unos minutos en la red, siento que tengo una responsabilidad con él.

—Contamos con una posibilidad... —sugiere Sidik4, que ya me mira como si fuese un ser humano—. He estudiado el mapa de la galaxia y ya casi hemos llegado al final. Si quieren que salgamos inmediatamente, estamos más cerca de la puerta trasera que del inicio... Y tenemos Panel de Control al lado.

Sidik4 proyecta un holograma con la constelación de Mori. Nuestra nave se encuentra casi en el extremo, orbitando alrededor de LaRatonera. Ya hemos recorrido la galaxia al completo, a excepción del último tramo. Sólo nos queda un planeta por visitar.

—Es Panel de Control —dice el señor Mori, señalando una pequeña bolita suspendida en el aire. La imagen parpadea ante la intromisión de su dedo—. Los piratas tienen que estar ahí; a los mandos del planeta pueden administrar la galaxia al completo, igual que con un mando a distancia.

Hasta ahora nos hemos librado de los famosos Piratas Espaciales, pero no iba a ser eternamente. Panel de Control, ¿cómo no se nos ocurrió antes? Todas las galaxias tienen uno, y es capaz de modificar la gravedad del resto de los planetas o incluso expulsar a Cosmics desagradables. Quien maneja Panel de Control, lo maneja todo, y es el objetivo primordial de cualquier pirata que desee sumar otra conquista. Si los secuestradores de Hikiko saben que estamos en la galaxia, deben estar forzosamente aquí. También tiene los registros de actividad.

De este modo acordamos la última fase de la misión espacial, directos al planeta de administración. Nos despedimos del abuelo y de la profesora Menisco y tomamos asiento en las butacas de la planta 67. Me coloco las gafas de realidad aumentada y solicito la conexión. Me recibe el tin-tin-tin de bienvenida de MultiCosmos. Estoy dentro.

Mi avatar se despierta a bordo de la Chatarra Espacial. Cíclope y Spoiler charlan sobre viejas leyendas de MultiCosmos. Justo me conecto cuando el capitán le pregunta a mi amigo:

—¿Cómo puede ser que no te acuerdes? ¡Fuiste mi más digno rival en la Primera Carrera de Descargas de MultiCosmos!

Hago un repaso mental de la *Guía Imprescindible*: eso fue el año 1 de la web, hace nueve, cuando mi amigo avatar estaba aprendiendo a hablar. Es imposible que Spoiler participase en la carrera, pero en vez de soltar su risa habitual y decirle a Cíclope que tiene peor memoria que un pez con insomnio, Spoiler me señala a mí para cambiar de tema. Juraría que está nervioso, como si ocultase algo. No es la primera vez que alguien habla como si Spoiler llevase en MultiCosmos desde los orígenes, y no sólo un par de años, como yo. Estoy seguro de que no me mintió cuando dijo que su yo real tiene once años, pero empiezo a sospechar que no me ha contado toda la verdad...

—¡Ya estáis aquí! —dice dando la espalda al capitán. A mi lado, la Cosmic maga y la elfa-enana también salen de su letargo. Ñiñiñi, el mamut enano, salta de la faltriquera de su dueña al suelo y se sacude igual que un perro mojado para estirar los músculos—. ¿Adónde vamos hoy?

Tenemos que empezar por contarles el último aviso de los secuestradores de Hikiko. Cuando terminamos, Cíclope está convencido de que tanto ellos como él se encuentran en Panel de Control.

—Así que ya saben que estamos aquí... —comenta meditabundo—. Vamos a tener que ser ágiles si no queremos poner a Hikiko en un peligro todavía mayor. Debemos dar un golpe rápido y efectivo, directo al centro de administración.

Echamos un vistazo a la captura que nos ha facilitado el señor Mori. El planeta Panel de Control no mide más que un bloque de pisos de diez plantas; antiguamente trabajaban medio centenar de Mobs en sus instalaciones. Eso era antes de que Mori Inc. perdiese la señal, así que es de suponer que los peores piratas de la galaxia han sustituido a los diligentes robots de la empresa. Cíclope marca las coordenadas en los mandos y pone la Chatarra Espacial en marcha.

—Tardaremos diez minutos en llegar. Espero que sea un viaje tranquilo...

Está comprobando el mapa cuando una mole del tamaño de una ballena blanca se interpone en la trayectoria de la nave. Sidik4 tiene que saltar sobre los mandos de la caravana para esquivar a tiempo el gigante que se pasea por el espacio como si nada. Estamos a punto de impactar con su placa de hierro, y sólo los rápidos reflejos del capitán, que suelta el mapa y toma el control de los mandos, consiguen que evitemos el golpe y simplemente lo rocemos a tres píxeles de separación. La nave continúa su vuelo mientras la ballena se aleja. Ninguno de nosotros se atreve a decir nada hasta que el bicho está a suficiente distancia como para que no suponga un peligro.

—¿QUÉ-HA-SI-DO-E-SO? —pregunto, pegando la cara al cristal para ver mejor esa especie de camión que se aleja por el espacio—. ¿Era una nave?

—Era un Mob —confirma Sidik4, que lo ha escaneado a tiempo con la holopulsera—. Un Mob...

—Eso es imposible —dice Spoiler, que no da crédito—.

Todo el mundo sabe que los Mobs no pueden salir de los planetas y desplazarse solos por el espacio.

Pero lo hemos visto con nuestros propios ojos, y el escáner de la holopulsera no se equivoca jamás.

—Nunca había visto nada parecido —reconoce el capitán—. En diez años no me había cruzado jamás con un Mob solitario. Nunca...

—Me parece que esos piratas se lo están pasando muy bien con Panel de Control —comenta la elfa-enana—. Supongo que es algo que se puede modificar como todo lo demás. Pensadlo bien: el Mob de limpieza de BrilloImpecable, los Mobs de relajación de LaRatonera, y ahora esto... Alguien está tocando los códigos de programación de las criaturas de la galaxia en su propio beneficio.

Se hace un silencio preocupante. No tenemos ni idea de a qué nos enfrentamos; puede que rescatar a Hikiko sea el menor de los problemas.

—Pues ya es hora de pasar a saludar a ese graciosillo —dice Cíclope, que atisba el planeta destino y mueve la palanca de aterrizaje.

El momento ha llegado.

Panel de Control
Galaxia Mori
Modo: Panel de Control (obvio)
Cosmics conectados: 4

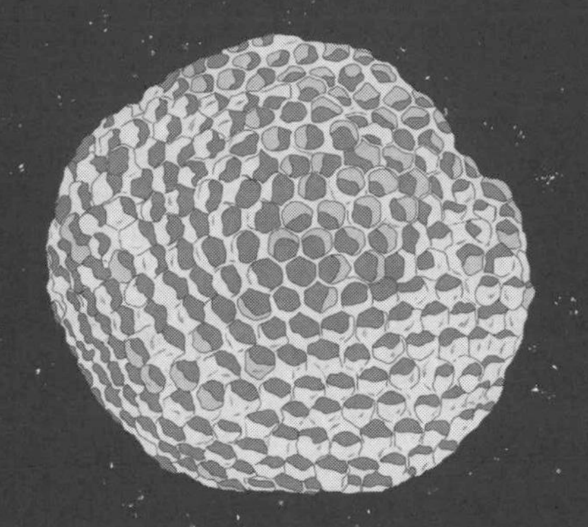

Ya lo dice la nueva canción de Tina Moon:

Tu foto se parece a tu avatar
igual que un piojo a un jaguar.

Lo mismo se podría decir de la foto de Panel de Control que nos mostró el señor Mori y lo que tenemos ahora frente a nosotros. La tripulación de la nave al completo silbamos al contemplar el espeluznante micromundo que aparece entre la nebulosa.

La versión original era un simple cubo con módulos de administración. Pero lo que tenemos delante parece más bien...

—Un enjambre de avispas —dice Amaz∞na, la naturalista del grupo. Yo iba a compararlo con una boñiga de vaca, pero su opción también está bien.

El planeta es una masa poligonal con miles de agujeritos en su superficie. En el momento en que nos acercamos, observo que por sus celdas entran y salen Mobs con diseños robóticos: algunos tienen el tamaño de la ballena que nos acabamos de cruzar, pero la mayoría son tan pequeños que apenas se distinguen unos píxeles en la pantalla.

—Quienquiera que viva ahí dentro, se lo está montando muy bien —murmura Cíclope.

El capitán y su clip ayudante controlan la nave hasta situarse en la parte más baja del avispero. Mientras rodeamos el planeta, sentimos el zumbido de miles de Mobs a nuestro alrededor; los robots nos rozan sin inmutarse y continúan su camino hacia los confines de la galaxia Mori.

Ahora sabemos que el cerebro que los dirige está en Panel de Control, y muy seguramente sea el mismo que retiene a Hikiko contra su voluntad. Contenemos el aliento mientras la caravana apaga las luces y se cuela disimuladamente por una celda que parece en desuso.

—¿Cuál es el plan? —pregunta Spoiler.

—¿Plan? ¿Para qué queremos un plan? —responde Cíclope, y suelta una carcajada de loco que me pone los pelos de punta—. Improvisemos.

La nave se posa suavemente en un hangar abandonado. Saltamos fuera de ella preparados para disparar/cortar/arponear/hechizar a lo que haga falta, pero no nos recibe ningún comité de bienvenida. Tengo que admitir que estoy un poco decepcionado.

La elfa-enana echa un vistazo alrededor y comprueba los planos en tres dimensiones del holograma. Sonríe ligeramente.

—Estamos de suerte: el enjambre está construido sobre el esqueleto del planeta original, de modo que el corazón de Panel de Control no debería de haber sufrido modificaciones. —Aprieta un botón para hacer zoom en la nave central, varias plantas por encima, hasta enfocar una sala llena de mandos—. Desde aquí se puede controlar toda la galaxia Mori. En el caso de que Hikiko no estuviese aquí, podríamos averiguar su ubicación exacta en el ordenador.

—Si es tan fácil..., ¿cómo no se nos ocurrió antes? —pregunta Spoiler, rascándose la barbilla.

—No conocemos la galaxia —responde la elfa-enana, molesta por el hecho de que el ninja no lo haya pensado por sí mismo—. Aunque no entiendo cómo no se le ocurrió al señor Mori, siendo el dueño...

Los cinco nos quedamos en silencio. No tenemos respuesta.

—Dejaos de cháchara y pasemos a la acción. —Es Cíclope quien lo rompe—. No va a ser fácil conquistar Panel de Control.

—¿Acaso dudas de nosotros, tron? —Spoiler hace posturitas con su pistola de bolas. A Amaz∞na se le escapa una gota gigante de vergüenza ajena.

—Tengo mi varita letal —presume Sidik4—; a mi lado, Voldemort es un mago aficionado.

—Y yo mi alfiler ballenero —dice Cíclope, golpeándose el pecho con el arpón—. ¡Por fin pasamos a la acción!

Corto el rollo motivacional para iniciar la operación. El hangar cuenta con una escalera que conduce a una nave interior con media docena de ascensores. Subimos al primero y le ordenamos que nos lleve hasta el control de mandos, pero el trasto no reacciona.

—¡Maldita tecnología 2.0! —chilla el capitán. Primero aporrea el teclado, luego le insulta en cinco idiomas distintos y, finalmente, le clava el arpón en el botón de emergencias. Salimos antes de que salte por los aires—. ¡Estos aparatos no sirven de nada!

Pero basta con echar un vistazo a los demás ascensores para comprobar que funcionan a la perfección.

—Me parece que los secuestradores no quieren visitas. Subamos por las escaleras entonces.

Continuamos con el ascenso, aunque la ausencia de

Cosmics en los pasillos cada vez me mosquea más: ¿dónde están los piratas que usurparon la galaxia? ¿Es que los hemos pillado en su día de descanso?

Coge todas las pociones y sándwiches de *spam* hasta la salida sin pasar dos veces por la misma sala.

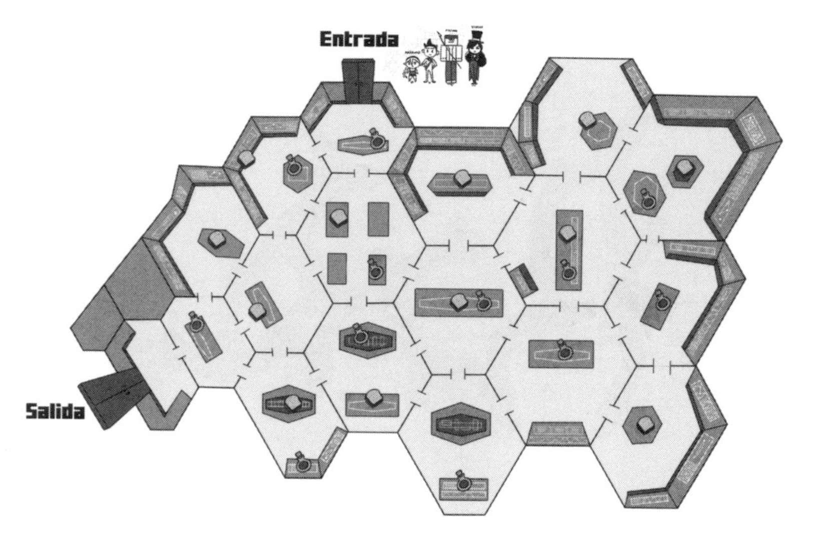

Un piso, dos, cuatro, diez... El equipo sube a toda velocidad por las escaleras. A la cabeza vamos Amaz∞na y yo, acompañados por su inseparable nueva mascota Ñiñiñi; detrás nos siguen Spoiler y Cíclope, y para cerrar la comitiva, Sidik4, con su varita en alto, preparada para proteger la retaguardia. Si los piratas no han cambiado la ubicación, estamos a sólo quince pisos de nuestro objetivo. Llegaremos en unos minutos si no hay imprevistos.

De repente, un Mob asesino se interpone en nuestro camino de un salto. Es justo lo que yo llamo un imprevisto.

El robot tiene el aspecto de una araña con patas mecánicas y cámaras de seguridad por ojos. Todos los objetivos nos enfocan a nosotros.

—¿Tienes la varicela? —me pregunta Spoiler de pronto.

Casi me despixelo al mirarme el pecho y descubrir que estoy cubierto de puntitos rojos. El Mob apunta con unos láseres; no tardará en disparar. Sólo gracias a mis reflejos consigo saltar a tiempo antes de que las balas me transformen en un queso gruyer.

—¿Se puede saber qué te he hecho yo, lata con patas? —le grito al Mob.

Pero éste, en vez de disculparse, enfoca a Spoiler para regalarle la misma lluvia de perdigones. Mi amigo activa rápidamente el comando escudo y los proyectiles se quedan congelados en el aire a dos palmos de su cara. Por los pelos...

No vamos a esperar el tercer ataque. Sidik4 lanza un grito de guerra, da una voltereta en el aire (qué presumida) y le lanza un poderoso embrujo. Por una milésima de segundo, las piezas metálicas del Mob se separan, pero enseguida se vuelven a juntar. No ha sido suficiente.

Mientras el robot escupe una nueva ráfaga de balas contra la Cosmic árabe, Cíclope se golpea el pecho en plan macho alfa y le lanza el arpón con furia. El arma atraviesa una pata del Mob, pero todavía le quedan siete con las que atacar. Entonces tomo yo la iniciativa: me acerco en zigzag para despistarlo y, mientras espera el ataque por la derecha, le doy un espadazo por el flanco izquierdo. El Mob (o lo que queda de él) salta por los aires, y esta victoria me reporta 500 PExp. ¡Ja!

+500 PExp

—No es justo, lo hemos eliminado en equipo —protesta Sidik4—. Esos PExp tendrían que ser para todos.

—Para todos menos para Amaz∞na —dice Spoiler, de mal humor. Todavía no acepta que la elfa-enana se niegue a emplear armas salvo que sea para defenderse. Pero esta vez se equivoca: Amaz∞na está ocupada, y más que ninguno de nosotros. Oímos un grito a la espalda y, cuando nos giramos lentamente, comprobamos que mi amiga y Ñiñiñi están conteniendo ellos solos a media docena de Mobs como el que acabo de vencer.

—¡¿Es que nadie va a ayudarme?! —protesta mientras sostiene con sus manitas un muro invisible que nos protege de la nueva horda de enemigos.

La batalla se complica por momentos. En los siguientes quince minutos, cada uno se enfrenta a dos Mobs robóticos; cuando creemos que hemos vencido, aparecen otros cuatro para retarnos. La espada binaria silba en el aire mientras rebana cables a diestro y siniestro. Lo mismo con mis compañeros de lucha, que hacen lo que pueden. Incluso la mascota de Amaz∞na resulta ser más útil de lo que creí al principio, y su trompa demuestra buena puntería a la hora de rematar a nuestros enemigos. Al final del multiduelo, tenemos que tumbarnos y beber una poción tras otra para recuperar la barra vital, pero hemos vencido.

—Cuando atrape al dueño de estos robots, pienso cantarle las cuarenta —dice Amaz∞na, que apura el último mordisco de rábano, su comida favorita. Ha conseguido superar la batalla sin matar ni un solo Mob. Se limita a desactivarlos con un inhibidor de frecuencias, cosas de su estilo pacifista-buen-rollo. No hay quien la convenza de emplear la violencia.

Compruebo el camino restante en el mapa. estamos a tres plantas del cuarto de control. Si nuestra intuición no falla, Hikiko estará allí retenido. Ésa es la buena noticia; la mala es que también estarán un montón de piratas más peligrosos que los Mobs que acabamos de conocer.

—¡Vamos! —animo al equipo.

Los cinco nos ponemos en pie y continuamos el ascenso.

Los pisos son cada vez más altos y las escaleras más empinadas. Para aumentar la tensión, llega un resplandor azulado de arriba. Nos mantenemos alerta; el peligro puede venir de cualquier sitio. Pero de todas las opciones, el peor de los peligros es un acertijo numérico. Y eso es justo con lo que nos topamos al llegar al corazón del planeta. Unas puertas nos separan del vestíbulo central.

—Genial, tiene contraseña —dice Cíclope de mal humor.

—¿Y si probamos con «Mori mola mogollón»? —sugiero—. A lo mejor no han cambiado la clave.

—Adelante —me invita el capitán, señalando el teclado—. Estate preparado para una descarga eléctrica.

Me lo he pensado mejor. Echo un vistazo a la pantalla y el teclado, compuesto únicamente por números. El panel es una pantalla de ocho por ocho casillas, divididas en cuatro secciones. Hay unos números insertados, pero la mayoría de los espacios están en blanco para complicarnos el acceso. Un mensaje nos advierte que sólo contamos con tres intentos.

—¿Sólo tres? Hay infinitas posibilidades —protesta Amaz∞na—. ¿Qué pasará si fallamos?

Como respuesta a su pregunta, la pantalla muestra una simpática calavera. O sea, que moriremos. En la galaxia Mori no se andan con chiquitas.

—Tenemos tres intentos. Introduzcamos un código por probar —sugiere Spoiler.

Como nadie toma la iniciativa (cualquiera se atreve con las peligrosas medidas de seguridad Mori), el Cosmic se pone delante del teclado e introduce un 8, un 2, un 5 y una retahíla de números más hasta llenar el panel. De pronto, éste se tiñe de rojo y muestra un ¡ERROR! en el centro que nos pone los pelos de punta. Sólo nos quedan dos intentos para morir. Al loco que hackeó la galaxia le faltó poner una erre al final del nombre.

—¿Cómo quieren que acertemos tanto número con sólo dos intentos? —me lamento.

—Es que no quieren que acertemos, animalito —me recuerda Amaz∞na, igual de desconcertada con el panel—. El objetivo es que no podamos pasar.

Nos quedamos en silencio durante un largo minuto, hasta que Sidik4, que casi no ha hablado desde que iniciamos la misión de rescate, abre el pico:

—¡Ya lo entiendo! No son números al azar, ¡es un sudoku! —¡Haber empezado por ahí! Soy incapaz para los juegos de lógica. Tengo el gen recesivo de los números. La Cosmic árabe, sin embargo, se pone delante del panel y lo estudia atentamente, sonriendo como si se encontrase con un viejo amigo—. Y bastante fácil, por cierto. La tabla está dividida en cuatro secciones: sólo cuenta del 1 al 4, y no se puede repetir ninguno en cada cuarto. Tampoco en la misma fila o columna de la tabla. ¡Ja! Es facilísimo. 1 a 4, sin repetición... 1 a 4, sin repetición.

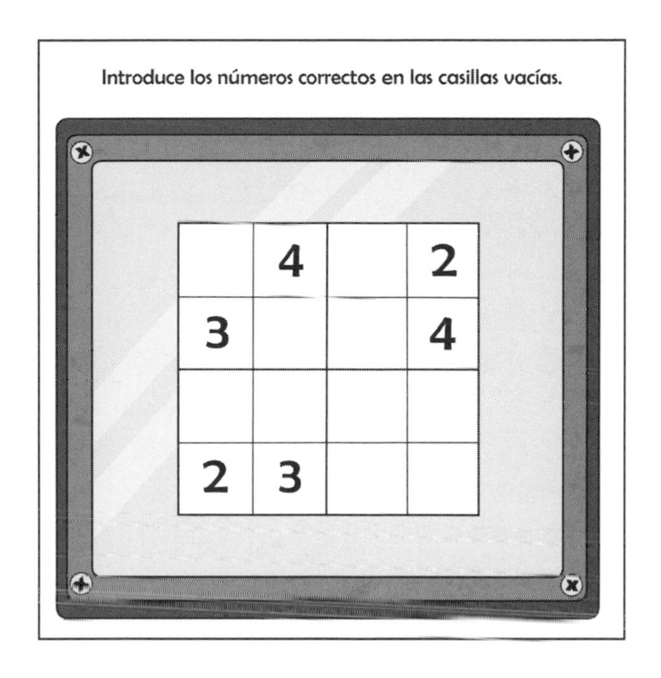

Estoy a punto de detenerla (es imposible que un ser humano pueda resolver un sudoku), cuando Sidik4 rellena de la primera celda a la última. La pantalla vuelve a saltar con ¡ERROR!, pero entonces la egipcia sonríe y corrige el último número, donde había puesto un 5.

—Era para darle emoción.

Lo sustituye por un 1 y, ¡tachán!, la calavera se transforma en una simpática sonrisa. Seguimos vivos... por ahora.

Finalmente las puertas se abren. Al principio nos ciega la potente luz de dentro, pero una vez nos acostumbramos y entramos, vemos el Mob más grande con el que nos hemos topado jamás. A su lado, la ballena del espacio parece un piojo. En medio de un gigantesco vestíbulo, y reposado encima de un pedestal, descansa (o lo que sea que haga) un pulpo de medidas mastodónticas e infinidad de tentáculos que retuerce y hace bailar en el aire de un modo repulsivo. Cada tentáculo del bicho termina en un apéndice de ojo de pez más repulsivo aún. Pero lo más asqueroso de este bicho es su cabeza, sin duda: el pulpo tiene un cabezón humano, y éste es una fiel copia del señor Mori. Su versión motorizada se parece mucho a la que corona las torres Mori, pero tiene un aspecto más fiero y repugnante. Nos sonríe nada más vernos. Una cuenca de ojo está vacía y puedo ver cables a través de ella. ¡Qué asco!

—¿Y los piratas? —pregunta Spoiler, que en el fondo se muere por hacerse una foto con uno. Tiene todas las pelis de *Piratas del Caribe*. En versión pirata, para que sean más auténticas.

—Me parece que no hay ninguno —responde Amaz∞na, que no ha dejado de evaluar al Mob gigante ni por un segundo—. ¡Mirad esto! —La elfa-enana ha escaneado el Mob púlpico. La ficha aparece flotando sobre la holopulsera.

—Entonces, ¿quién ha tomado el control del Mob? —pregunto en voz baja.

Amaz∞na niega con la cabeza.

—Más bien, el Mob es tan listo que ha tomado el mando de control.

De pronto, el pulpo con la cabeza del señor Mori suelta una violenta llamarada. Ha reparado en nuestra presencia. El grupo al completo está en silencio, valorando el modo de atacar, si es que tenemos alguna posibilidad. Bueno, en silencio... hasta que Spoiler lo interrumpe.

—¡Hikiko! —chilla de pronto.

Ahora lo veo: el Cosmic fantasmal, el hijo del señor Mori, nos mira con ojos tristes desde el interior de una esfera de cristal, bien protegida bajo uno de los tentáculos del Mob púlpico. El chico ni siquiera responde al saludo, simplemente nos mira con aburrimiento. Pues vaya.

—Vale, ya tenemos a Hikiko —dice Cíclope—. Ahora sólo necesito un arpón mil veces más grande que el mío para hacerle pupa a ese bicho.

El capitán no lo ha dicho por decir, porque ya está buscando un comando para ampliar su arma cuando, de repente, escuchamos una voz amplificada. Es Hikiko, que habla desde el otro lado del cristal.

—Perdéis el tiempo —dice con indiferencia—. Nadie puede contra el Cerebro.

—¿El Cerebro? —pregunta Amaz∞na, inquieta. Casi puedo ver cómo piensa a mil por hora—. ¿No es ése el nombre de la inteligencia artificial que controla las torres Mori?

Entonces el bicho se retuerce, abre la boca como un buzón y la pantalla se tiñe de fuego. Un mensaje aparece en el centro de nuestras gafas de realidad aumentada:

DESCONEXIÓN URGENTE

—¡Tenemos que desconectar! —chilla Sidik4 en medio de un ruido cada vez más ensordecedor. Ya no sé si su voz viene de MultiCosmos o del mundo real—. ¡Apaguemos de una vez!

—¿Cómo vamos a cerrar sesión justo ahora? —protesto. No quiero regresar unas horas después para descubrir a mi avatar dentro del estómago de un pulpo feísimo—. ¡No pienso desconectarme bajo ninguna circunst...!

DESCONEXIÓN FORZOSA

<MoriBots a muerte>

La pantalla se ha fundido a negro. Me quito el visor de mala gana y me encuentro con el abuelo y la profesora Menisco de frente. Se ven más preocupados que nunca.

—¡Rápido, quitaos eso! —exclama el abuelo. Sidik4 y Alex se levantan también y se quitan sus visores 3D.

Puedo sentir el temblor del suelo bajo nuestros pies. Había oído hablar de la actividad sísmica de Japón, pero no esperaba vivirla en mis propias carnes.

—¿Un terremoto? —pregunta Sidik4.

—Aquí pasa algo peor que un terremoto —murmura la Menisco, siempre tan ceniza—. Los robots se han vuelto locos. Nos hemos librado por los pelos de los MoriBots de la biblioteca. Se han puesto a dispararnos etiquetas como balas.

Tanto el abuelo como ella tienen el trasero lleno de pegatinas de libros. Menos mal que no les ha dado por dispararles enciclopedias.

De pronto, las butacas donde estábamos sentados hace unos instantes explotan, dándonos un susto de muerte. El humo inunda la habitación. Aún no nos hemos recuperado, cuando la lámpara del techo, cuya única utilidad, al parecer, era cambiar de color según la música, demuestra ser más completa de lo que creíamos al disparar una bala que pasa a pocos centímetros entre Amaz∞na y yo, y que deja un agujero humeante en el suelo. Entonces comprendemos el peligro que corremos.

—Los terremotos no pegan tiros —dice el abuelo, que cuando quiere tiene mucha puntería.

Salimos al rellano, pero cuando estamos a punto de entrar en el ascensor, Sidik4 se interpone entre nosotros y la puerta. Está histérica.

—¡El ascensor es peligroso! —traduce su holopulsera, porque lo que es ella, grita algo en árabe que no entendemos ninguno—. ¡Ni se os ocurra entrar!

—¿Qué dice, jovencita? —pregunta la profesora Menisco, que no acaba de entender la reacción. Pero los demás poco a poco vamos atando cabos. Me duele admitirlo, pero Sidik4 lo ha visto antes que yo.

—No hay piratas secuestradores. Ni tampoco un Cosmic detrás de la desaparición de Hikiko. —La chica coge aire antes de seguir—: El culpable del caos de la galaxia Mori es también el responsable del extraño comportamiento de los robots: el Cerebro, el MoriBot principal.

Por si necesitásemos más pruebas, el ascensor se para justo delante de nosotros y suena la campanilla. Se hace un silencio tenso mientras se abren las puertas. Nos apartamos justo a tiempo antes de que nos atraviesen unos pinchos de bienvenida.

—¿A qué piso desean ir? —nos pregunta el ascensor con ironía. Los pinchos desaparecen como por arte de magia. Es un milagro que los hayamos esquivado a tiempo.

—¿Contigo? A ningún sitio —protesta el abuelo, que no puede creer lo cerca que hemos estado de convertirnos en pinchos morunos.

El ascensor continúa su viaje hacia arriba mientras recuperamos el aliento. Tenemos mucho que discutir. Llevamos tres días buscando unos Cosmics piratas y resulta que nuestro enemigo estaba entre nosotros, en las mismas torres.

—Los MoriBots son los robots más listos del mercado —recuerda Alex, jugando con su trenza como siempre que está nerviosa—. Ahora tenemos que ser más inteligentes que ellos.

Mi muñeca se pone a sonar; bueno, mi muñeca no, la holopulsera que tengo en ella. La pantalla me chiva que es una llamada del señor Mori. Los cinco nos quedamos quietos hasta que Alex se pone nerviosa y descuelga por mí.

El cabezón del señor Mori aparece en el proyector holográfico. Tiene la misma expresión de terror que un *instagrammer* con la cámara rota.

—¿Estáis todos vivos? —pregunta angustiado—. ¿Conserváis todos vuestros miembros? —Una vez confirmamos que estamos bien, el señor Mori se derrumba—: Es horrible... Una catástrofe... —Los cinco nos miramos sin entender nada. El señor Mori se suena la nariz y continúa—: Siento comunicaros que el Cerebro se ha rebelado contra mí, su creador. ¡Su inteligencia artificial ha resultado ser *demasiado* inteligente! Por desgracia, ahora controla cada robot de este edificio. ¡Los drones se han rebelado!

—Peor que eso —le comunico—. El Cerebro tiene su propia versión Mob, y también controla toda la galaxia Mori.

El buda ricachón encaja la evidencia sin decir nada. Menos mal que el abuelo y la Menisco nos han sacado rápido de la sala de ordenadores. Si no llega a ser por ellos, ahora mismo estaríamos fritos y echando humo sobre las butacas.

—¡Tenéis que enfrentaros a las máquinas! ¡Combatidlas como mejor sabéis! El Cerebro es un rival demasiado poderoso para mí, pero no para vosotros, Cosmics. Alejaos de cualquier aparato o cámara conectada a la red: él lo maneja y lo ve todo. Yo mismo estoy escondido en... —El señor Mori se calla de pronto—. ¡Maldición, no os lo puedo decir por aquí! El Cerebro también controla la comunicación de las holopulseras.

—¿Qué podemos hacer? ¿Hay alguna posibilidad de desconectarlo? —le pregunto.

El señor Mori niega con la cabeza, apesadumbrado. Ya nos dijo que el Cerebro es el cerebro artificial más desarrollado del mundo, y yo no sé resolver ni los sudokus para niños. De pronto su imagen holográfica mira hacia atrás, como si tuviese un peligro cerca, y continúa en voz baja:

—Quizá... Si conseguís llegar hasta él... Pero no, no, no. Los MoriBots...

No termina la frase. La holopulsera reproduce un pitido y el holograma del señor Mori desaparece entre interferencias.

—¡Espere! —le grito, aunque es inútil, hemos perdido la señal. Su cabezón se esfuma sin dejar rastro.

Necesitamos reflexionar. Las torres Mori tienen cientos de aparatos conectados a la señal del Cerebro, desde el cepillo de dientes inalámbrico hasta la hamburguesa-despertador. Es prácticamente imposible avanzar sin cruzarse con uno. Tampoco podemos huir; hace tiempo que la puerta a pie de calle está tapiada y la única opción es salir por el aire. Para ello necesitaríamos el dron de pasajeros en el que vinimos, que también es un MoriBot manejado por el superordenador. Estamos metidos en un buen lío.

Después de mucho pensar, aprobamos un plan. Es una locura, pero más lo será esperar a que los drones vengan a hacernos papilla. Para ello, primero tenemos que descender hasta nuestra habitación cuarenta y dos plantas más abajo, y no existen escaleras en el edificio más tecnológico del universo. Sidik4 es la primera que sugiere emplear el conducto del aire. A la profesora Menisco casi le da algo al imaginarse a gatas por los tubos de ventilación, pero le basta recordar los pinchos con los que nos ha recibido el ascensor para comprender que no nos queda más remedio. Arrancamos la rejilla de la pared y nos metemos uno a uno; yo voy en primer lugar, seguido por el abuelo y la profesora. La chica egipcia y Alex van a la retaguardia, atentas a cualquier peligro que pueda acechar por detrás.

Por suerte, la linterna de la holopulsera nos ayuda a llegar hasta abajo (la linterna y un tobogán imprevisto, que nos lleva directos al salón de la suite). Los cinco rodamos por el suelo de la habitación envueltos en una nube de polvo, pero vivos. ¡Ha funcionado! Me pongo a hacer el baile de la zarigüeya hasta que Alex me dice muy seria:

—Ahora no, animalito.

Qué modo de cortar el rollo.

Entonces Sidik4, todavía cubierta de mugre por nuestro viajecito in extremis, salta sobre el ordenador de la suite y se pone a teclear como loca. Los demás nos cruzamos miradas de preocupación. De pronto la egipcia arranca un cable y sonríe aliviada.

—¡Este ordenador ya no está conectado a la red de las torres! Es seguro al cien por cien.

Me conecto rápidamente a MultiCosmos para evaluar la situación virtual. Enseguida compruebo que la versión Mob del Cerebro sigue agitando los tentáculos con Hikiko bien sujeto, pero no nos puede hacer nada porque estamos protegidos por una crisálida de seguridad que Spoiler y Cíclope han creado durante nuestra ausencia. Los dos no paran de repeler los ataques del monstruo, exhaustos. Mi amigo casi da saltos de alegría al verme.

—¿Se puede saber qué os ha pasado, tron? ¡Vuestros avatares se han dormido de pronto y nos han dejado solos con el señor de los Mobs!

—Hemos tenido un incidente sin importancia.

Le hago un resumen exprés y les pido a ambos que mantengan al pulpo a raya hasta que podamos regresar.

A continuación, abro el Comunicador y cojo aire. Nuestro plan es una locura y, para colmo, necesitamos la ayuda de un Cosmic proscrito. No me quiero imaginar la de normas que estaré infringiendo con esto, pero espero que los Masters sean indulgentes cuando sepan que corremos peligro de muerte. Escribo a Anonymous, el hacker que conocí en Caos, la zona prohibida que hay más allá de MultiCosmos. Nada más saludarlo, aparece su jeta con esa sonrisa aviesa que pone los pelos de punta.

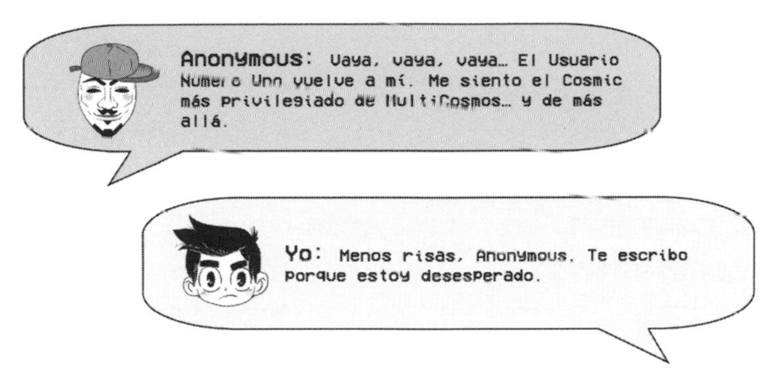

Por la expresión de satisfacción de su máscara, no estoy seguro de haber acudido a la persona correcta. Pero después de hacerle mi petición, y previo pago de 1.000 cosmonedas, accede por fin. Unos minutos después ya tengo en la bandeja de entrada los códigos que necesito. Ni siquiera me puedo despedir del hackerrero. El tío está demasiado ocupado contando el dinero.

—¿Ya lo tienes? —me pregunta Alex, que sigue la operación por encima del hombro.

Enciendo la impresora 3D y escucho el sonido de arranque. Es la primera vez que imprimo un objeto virtual y no estoy seguro de si funcionará, pero nuestra situación es desesperada. El aparato hace más ruido que una lavadora y casi echa humo, pero al rato expulsa la primera impresión. Cuando la cojo, todavía está caliente. Es una espada binaria real, creada a imagen y semejanza de la de MultiCosmos.

—¡Mola ciervo! —grito contento.

Alex y Sidik4 tienen la boca abierta. A continuación, la impresora 3D imprime la varita que usa la egipcia, y después la flauta defensiva de la elfa-enana. Los tres levantamos nuestras armas, ahora más reales que nunca.

—Pero sólo para defendernos —dice Alex muy seria.

Blando la espada y hago una floritura en el aire: es ligera como una pluma y dura como una piedra. Entonces la descargo contra el sillón y le hago un tajo hasta el suelo. El golpe también ha provocado unas pequeñas llamas en la tela que me apresuro a apagar. ¡Es brutal!

Sidik4 agita su varita y lanza un rayo sin querer. El torrente de energía golpea un jarrón de la suite y salta en pedazos por los aires. Estamos flipando. La chica baja la varita a toda prisa, no sea que se escape otro rayo sin querer.

Alex se lleva la flauta a los labios y sopla con fuerza. Un dardo impacta en la puerta de mi habitación; al principio parece que no hace nada, pero entonces la puerta se dobla como mantequilla, dejándonos impresionados.

—Menos mal que es un arma defensiva... —dice Alex, que no sale de su asombro.

—¿Y para nosotros? —protesta la profesora Menisco, que no soporta quedarse al margen. Para ella la edad no es excusa para no luchar.

Tengo que desembolsar otras 500 cosmonedas para que Anonymous nos preste la plantilla de impresión del látigo de Corazoncito16, el avatar de la Menisco; como el abuelo no tiene Cosmic en el que mirarse, para él elijo unas bolas (igualitas a las de petanca) que explotan al tocar el suelo. También imprimimos escudos para protegernos. Nunca se sabe con qué atacarán los Mobs.

Imprime tu arma defensiva:

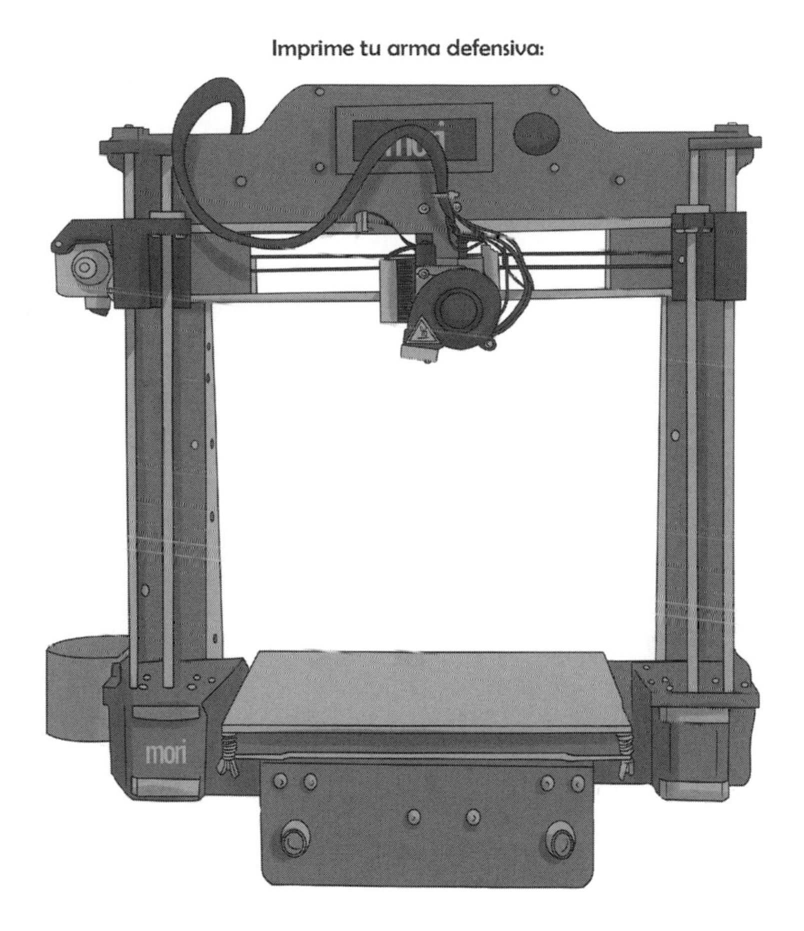

Imprimimos todos estos objetos hasta que la impresora nos advierte de que el cartucho está más seco que las venas de un zombi.

—Pongámonos en marcha —dice Alex, sin tiempo que perder.

Los cinco salimos al pasillo, pero cuando nos disponemos a entrar en el conducto de ventilación, Sidik4 empieza a chillar y se tira al suelo. Mi amiga corre a socorrerla, pero no entiende nada ni sabe qué hacer. La chica se retuerce sobre la moqueta como si la atacase una fuerza invisible. Entonces empieza a golpear la protoholopulsera contra el suelo. ¡¿Qué repíxeles...?! Pero cuando quiero reaccionar, un calambre me sacude de la cabeza a los pies.

Mi cabeza se queda en blanco. No sé si estoy en el suelo, en el techo o en la pared; me retuerzo de dolor y no sé si grito o estoy en silencio. Por un instante veo a Alex a mi lado, con expresión de horror y golpeándose la cara. Es una imagen aterradora. Las holopulseras están lanzando algún tipo de ataque que nos martillea el cerebro y provoca calambres en el cuerpo; es el mayor dolor que he sufrido nunca. No sé cuánto podré resistir.

Entonces escucho un golpe seguido de un petardazo. Y otro más, y un tercero. De pronto siento un pestazo a humo, y paz, mucha paz. El abuelo me da unas palmaditas en la mejilla, preocupado. Le sonrío como un idiota.

—¡Menos mal! —dice aliviado—. Pensaba que te perdía.

Me ayuda a incorporarme. Por lo visto, la Menisco y él han destrozado las holopulseras para salvarnos. Lo que queda de ellas humea en el suelo, sin nada que haga pensar que han estado a punto de matarnos.

—Gracias, abuelo. —Miro a mi profe de matemáticas, que espera expectante. Cómo cuesta decir esto—: Y graaacias, Menisco.

—De nada, jovencito —dice ella con su voz de ultratumba.

Subir por los conductos del aire es más complicado que bajar, pero Sidik4 ya ha pensado en eso. Agita la varita y lanza un hechizo contra los botones del ascensor. Bueno, un hechizo no: esto es el mundo real, no el castillo de Merlín. Técnicamente se trata de un «golpe de ondas inalámbricas», pero lo importante es que el cerebrito del ascensor colapsa y las puertas se abren como si nada. Esta vez no nos intenta matar.

—Al último piso —le ordena Alex una vez confirmamos que no corremos peligro.

Esta vez el ascensor no nos da la bienvenida, sino que inicia directamente el ascenso a la planta número 100. Viaja más lento de lo habitual, como si intuyese adónde vamos, y la luz del techo parpadea. No bajamos la guardia ni por un segundo, conscientes de que el Cerebro puede recuperar el control del ascensor en cualquier momento. Piso 29, 30, 31... 48, 49, 50... De pronto el ascensor se detiene y la luz se apaga de una vez por todas. Nadie se atreve a respirar durante los sesenta segundos que estamos envueltos en la oscuridad. Entonces los leds del techo se reinician y escuchamos la voz robótica del ascensor:

—Me alegra volver a verlos.

Los cinco sabemos lo que significa: el Cerebro ha retomado el control. Oímos un ruido extraño sobre nuestras cabezas. El ascensor se descuelga y caemos un montón de metros en picado, pero se frena en seco gracias a la resistencia del cable de seguridad.

—Buen viaje... al Infierno —nos desea el ascensor.

Visitar el inframundo no está en nuestros planes. Suelto un espadazo contra la puerta y ésta se abre a medias. Sidik4 y Alex empujan las dos hojas de cristal para que podamos pasar. El ascensor ha quedado parado entre dos plantas, pero tenemos un espacio suficientemente grande para escapar. Justo cuando el segundo cable se rompe y el ascensor se precipita al vacío, salto al rellano; los demás habían salido antes que yo.

El sonido del ascensor cayendo en picado nos pone los pelos de punta; todavía más cuando escuchamos un bum final que significa el impacto contra el suelo. Por el hueco de la puerta asciende otra nube de polvo que nos cubre de arriba abajo, por si todavía no teníamos suficiente mugre encima.

—Por qué poco... —comenta el abuelo—. Ni una palabra de esto a tu madre.

Nos encontramos en la planta 46 de la torre. Se trata de las cocinas, una zona que todavía no habíamos tenido ocasión de visitar. Los cinco contenemos el aliento al ver que hay una docena de robots cocineros trabajando en este preciso momento. Por suerte, no se han percatado de nuestra presencia. Estoy buscando el modo de gatear discretamente hasta el conducto de ventilación, cuando Alex suelta un estruendoso estornudo. Es alérgica al polvo.

—Perdón —se disculpa.

Demasiado tarde.

Los doce robots cocineros levantan la carcasa que tienen por cabeza y nos apuntan con unos ojos teñidos de rojo. Maldición. Sidik4, Alex y yo nos ponemos en primera fila. Tres MoriBots encargados de cortar verdura levantan sus cuchillos (tienen tres en cada mano) y vienen directos hacia nosotros.

—`Objetivo: cortar a tacos` —dicen al unísono. Avanzan con paso robótico.

—¡Somos humanos, no patatas! —protesto—. ¿No podemos negociar?

Sin embargo, los robots no están para rollos y nos atacan sin piedad. El de los cuchillos jamoneros viene hacia mí, pero consigo apartarme en el último segundo antes de que me los clave; los tres acaban en la pared, pero enseguida saca otros del compartimento interno y vuelve a la carga. Esta vez estoy preparado: los dos entablamos un duelo a muerte, espada binaria contra cuchillos, sin tregua. En un descuido, uno de los cuchillos me roza la mejilla y la pantalla de su rostro sonríe de un modo espeluznante.

—¡Te vas a enterar!

Redoblo el ataque; la espada binaria lo golpea cada vez con más fuerza, pero el MoriBot repele los mandobles a la velocidad de la luz. También tengo que esquivar sus cuchilladas, que pasan cada vez más cerca de mi cuerpo y hacen jirones en la camiseta. A mi lado, los demás están igual de ocupados. Si lo sé, me quedo en casa.

Por fin consigo inutilizar un cuchillo, y ahora que sólo le quedan dos es más fácil desarmarlo. Cuando el robot está con las manos vacías, lanzo la última estocada y lo destruyo. Mi adversario echa humo por cada rendija, derrotado.

Sidik4 ya ha eliminado dos robots batidora con su varita, mientras que la Menisco termina de rematar al microondas con su látigo y el abuelo a un exprimidor (aunque para ello ha gastado todas las bolas explosivas). Sin embargo, Alex es quien se ha anotado más victorias: sólo con su flauta ha inutilizado diez MoriBots, que se apilan en el centro de la cocina. Y sin luchar.

—Sólo los he desconectado temporalmente —dice orgullosa, no sea que alguien la tome por una persona violenta.

Todavía no hemos tenido tiempo de recuperarnos, cuando aparece un pequeño robot por el suelo. Sidik4 está a punto de atacar, pero Alex la detiene: es el MoriBot aspirador de la suite. ¿Cómo ha llegado hasta aquí? Su pantalla superior sonríe como si se alegrase de vernos. A continuación muestra una especie de mamut que da saltos de felicidad y aparece un texto:

El robot acude a los pies de Alex ante la atenta mirada del resto. Mi amiga está tan sorprendida como los demás, pero lo recibe con los brazos abiertos. Esto sí que no nos lo esperábamos (y eso que llevamos unas cuantas sorpresas desde el desayuno).

—¿Ñiñiñi? —le pregunta al aspirador. El mamut de la pantalla, el mismito Ñiñiñi de MultiCosmos, asiente con su trompa—. ¡Eras tú desde el principio!

Vaya, vaya, vaya. Esto sí que es increíble. No sólo el Cerebro tiene su versión Mob en la red. Esto confirma que los MoriBots y los Mobs de la galaxia Mori son uno. Igual que nosotros tenemos nuestros avatares Cosmic, los robots de las torres también tienen su versión al otro lado. Jamás había oído nada igual.

—¿Crees que te puedes fiar de él? —le pregunto a Alex—. Es un MoriBot, el ordenador central lo controlará igual que al resto.

—¡Es mi amigo! —De pronto Alex se pone a la defensiva y casi le da un beso, ¡a un aspirador eléctrico!—. Ñiñiñi jamás me haría daño...

Pero antes de que pueda terminar la frase, el mamut se transforma y dos ojos rojos sustituyen su inofensiva imagen en la pantalla. De pronto, la ranura del aspirador se abre y muestra unos dientes metálicos espeluznantes. El robot salta encima de Alex, que no esperaba el ataque.

La boca se cierra a un milímetro de su cara. Mi amiga chilla sin capacidad de reaccionar mientras el aspirador se prepara para el segundo ataque. De pronto se detiene en seco. Mi espada binaria lo ha golpeado en el último segundo, dejándolo inutilizado; he llegado a tiempo de chiripa.

—Nunca confíes en un aspirador con ojos.

Alex está temblando en el suelo, con el nombre de Ñiñiñi todavía en los labios. La ayudo a levantarse. Tiene los ojos empañados y abraza el aparato, que está completamente KO. Es la primera vez que veo a alguien llorar por una aspiradora, aunque supongo que para ella era algo más. Deja el chisme sobre la encimera, inerte, y le dice adiós en un susurro. Está más afectada que cuando se enteró de que el mosquito culofino está en peligro de extinción, y eso que entonces estuvo tres días sin hablar.

—Esto no quedará así —jura en voz alta, no sé si para mí o para ella misma. Cuando quiere, Alex da mucho miedo.

Estamos alerta, preparados para cualquier nuevo ataque, pero no podemos evitar preguntarnos por el señor Mori. No sabemos dónde lo habrá pillado la rebelión de los drones, pero dudo que haya podido defenderse con esa cara de buda feliz que tiene. Espero que no le haya pasado nada grave.

Para añadir más leña al fuego, unos helicópteros aparecen por las ventanas. Tengo que fijarme mejor para confirmar que no son helicópteros, sino drones de Mori Inc. Se han quedado parados al otro lado del cristal, resistiendo el viento de fuera, y sus ojillos de bombillas led nos apuntan. Mala señal.

—¡¡¡Protegeos!!! —grito.

Los cinco saltamos a tiempo detrás de los muebles de cocina, justo antes de que una ráfaga de balas barra el espacio que ocupábamos sólo un segundo antes. Los cristales han saltado por los aires y el viento del exterior azota la cocina. Alex y yo somos los primeros en asomarnos.

Cinco drones vienen hacia nosotros. Uno de ellos es MoriBot262, nuestro guía de la CosmicCon, que llega con Rebecca agarrada por los brazos; no sabía que también tuviese función de vuelo. Para empeorar las cosas, el robot ya no parece tan amable. La pija grita histérica y amenaza con avisar a su padre en cuanto la suelten. No siento envidia por el tour volador que ha hecho para llegar desde Shibuya hasta aquí.

Las pistolas de los drones todavía humean, y apuesto a que la próxima vez que disparen no errarán el tiro. Salto sobre la mesa de la cocina para coger impulso y me lanzo contra el primer dron, al que tomo por sorpresa y atravieso con la espada. El trasto suelta un lamento mecánico desde el suelo, incapaz de remontar el vuelo. ¡Minipunto para mí! ¿Por qué en la vida real no te dan Puntos de Experiencia?

—¿Alguien más? —pregunto a los cuatro drones restantes.

Alex lanza un dardo contra MoriBot262, que cae lentamente, inactivo. Rebecca consigue liberarse y corre hasta donde está la Menisco con el abuelo. Muy mal lo tiene que haber pasado para abrazar a nuestra profe de mates.

—¡El robot se ha vuelto loco! —protesta en medio de una ráfaga de tiros—. ¡Yo estaba tan feliz de rebajas cuando me ha agarrado por los hombros y me ha traído volando hasta aquí! ¡He estado a punto de caerme varias veces!

Mientras tanto, en la refriega, Sidik4 golpea al tercero

con un rodillo de cocina. Ni siquiera le ha dado tiempo a desenfundar la varita.

La Menisco demuestra que los siglos no le pasan factura en el esqueleto y dispara tomates con la misma puntería que un francotirador. Está claro que es la famosa Corazoncito16, escondida bajo la piel de momia. No para de chillar «¡Alejaos de mis chicos!» a los drones, lo que me hace pensar que debajo de esas (infinitas) capas de profesora hiperestricta todavía late un minúsculo corazón. Aunque ahora que me fijo bien, cada vez que grita está más atenta al abuelo que a nosotros.

Pero aún quedan dos drones, y no están dispuestos a claudicar. Después de evaluar el peligro, deciden atacar al abuelo y a Rebecca, los rivales más débiles (o eso creen). No les damos oportunidad. Inflados por una valentía temeraria, Alex y yo saltamos sobre ellos y nos colgamos de sus asas justo cuando disparan. El peso de ambos los desequilibra y provoca que los tiros vayan directos al techo.

—¡Peso no identificado! ¡Peso no identificado! —pronuncia el dron al que me he agarrado. Se agita en el techo de la cocina mientras yo me balanceo como un columpio sin control. Lo mismo le ocurre a Alex.

Cuando estamos a punto de saltar al suelo, los drones dan marcha atrás por sorpresa y salen al exterior, a casi cincuenta pisos de altura, con nosotros dos colgando.

Abajo, las calles de Tokio se ven tan pequeñas que parecen sacadas de Google Maps. Si no nos matan los drones, lo hará la caída.

Si quieres continuar con tu avatar, dirígete a la página 210.

Si quieres seleccionar a Owfkrjfjjirj%r, sigue leyendo.

Hace tres días...
OS NECESITO PARA UNA PELIGROSA MISIÓN.

... me puse al mando de un equipo profesional de rescate.
L@ia
SuperRouter
TIENE EXPLICACIÓN.
Cookies
SR

Partimos hacia la galaxia Mori, en los confines de MultiCosmos.
¿Y AHORA?
¿HEMOS LLEGADO YA?
NO.

Superamos el planeta BrilloImpecable con dignidad.
¡SINVERGÜENZAS!
¡VEN QUE TE BLOQUEE!
Qwfkrjfjjirj%r
L@ia
¡FUERA, PIRATAS!

Continuamos la investigación en Atención al Cosmic.
SENTIMOS LAS MOLESTIAS.
SuperRouter
EN ESTOS MOMENTOS ESTAMOS COLAPSADOS. VUELVAN EN UNA HORA.

Hicimos una parada en LaRatonera.
PASAD VOSOTROS PRIMERO.
NO ENTRAR
SuperRouter
QUÉ AMABLES.

Nos repusimos en Más-Allá.
SuperRouter
L@ia
¡SELFI ZOMBI!

Hasta que por fin hemos llegado al corazón de la galaxia: Panel de Control.
L@ia
SuperRouter

<El otro equipo>

Un simple vistazo al suelo es suficiente para que me maree y casi me suelte del dron; la calle está a tanta distancia que los coches y los peatones parecen hormigas. Estamos por encima de cualquier edificio de la zona, más arriba todavía que los anuncios de refrescos de fruta y restaurantes para perros. El viento me golpea en la cara y hace bailar al dron en el aire. Eso si no es él intentando que me suelte. Sólo espero que su pistola no tenga ángulo para dispararme justo abajo.

A mi lado, Alex tampoco se lo está pasando muy bien. El dron al que está sujeta hace círculos en el aire y balancea a mi amiga como un péndulo. Su piel está verde como la lechuga.

Cojo aire, suelto una mano del asa y agarro a toda prisa la espada, que cuelga de mi cintura. Estoy a punto de caer, pero no puedo esperar a que el dron termine conmigo. Estoy a punto de partirlo por la mitad cuando Alex me chilla histérica:

—¡¿Estás loco?! ¡¡Ni se te ocurra!!

De pronto comprendo la estupidez de destrozar el dron que me sostiene en el aire y devuelvo la espada a su funda. Consigo agarrarme con las dos manos y recuperar la estabilidad, si es que tengo. No sé en qué estaba pensando. De pronto los dos drones se ponen de lado y mantienen una conversación robótica que suena a «pri-pri-pri-brrr-brrr-brrr»; es como si se hubiesen olvidado de nosotros. Entonces salen disparados hacia arriba.

Alex y yo resistimos agarrados hasta que los drones llegan a la azotea de la torre gemela; aprovechamos que estamos cerca del suelo para saltar y salvar la vida. Antes de que tengan tiempo de vengarse, los dardos de Alex los han bloqueado y caen de un golpe seco al suelo. ¡Por listos!

Sin embargo, esta pesadilla todavía no ha acabado. Porque no estamos solos en la azotea. Con nosotros hay tres personas, bien humanas, que nos miran como si fuésemos una aparición fantasmal. Supongo que nuestra reacción es idéntica.

—¿Qué hacéis aquí? —preguntamos a la vez.

Bueno, cada uno en su idioma, porque delante de nosotros están nada más y nada menos que SuperRouter (el Cosmic que presume de haber asistido a más convenciones del mundo), L@ia (la *videotuber* de libros)... y el mismísimo Qwfkr (mi archienemigo multicósmico). Si apareciese un unicornio rosa ahora mismo, no lo encontraría más raro.

Los tres tienen réplicas de sus armas en 3D; vaya, no he sido el único que ha tenido la idea. Todavía llevan los prototipos de holopulseras en la muñeca, aunque por la mancha negra de la superficie, sospecho que han encontrado el modo de desconectarlas de la red del Cerebro. Menos mal, porque de lo contrario no podríamos entendernos. Necesitamos un buen rato para analizar la situación.

—El señor Mori nos pidió ayuda a nosotros —insiste SuperRouter, molesto—. ¡Estábamos a punto de rescatar a Hikiko!

—¡Eso nos lo pidió a nosotros! —protesto—. Vosotros acabáis de llegar.

—¡Mentira! —Qwfkr y yo gritamos cada vez más alto—. ¡Hemos estado en esta torre todo el tiempo! ¡Sois vosotros los que acabáis de llegar!

—Nosotros... estábamos en la otra —digo en voz baja.

Ahora lo entiendo: las luces en el edificio de enfrente, las siluetas, las idas y venidas del señor Mori. Tardamos un rato en comprender que había organizado dos equipos de rescate en vez de uno. Aunque cuando intentamos comprender el motivo, cada uno lo hace por separado: Qwfkr y yo nos llevamos a matar. No era tan mala idea dividirnos con tal de tener más posibilidades de conseguir su objetivo. El señor Mori quiere que rescatemos a su hijo, y le da igual quién lo haga. El plan era magistral.

Qwfkr y yo decidimos darnos una tregua por el momento. Después de todo, no tenemos intención de matarnos en el mundo real (al menos yo, pero no me fiaría mucho de él). Y enfrente tenemos un rival más fuerte: el Cerebro.

Las azoteas de las torres gemelas están unidas por un estrecho puente con una antena en medio: es el centro de control del edificio y de los MoriBots. Hay tubos por todas partes y por lo menos medio centenar de cámaras de seguridad protegiéndolo. Y encima de todo, flotando mediante un sistema de imanes, la esfera-cabezón. Su corazón esconde el Cerebro.

—Es hora de reprogramar ese robot —dice Alex, dando un paso al frente. Los demás vamos detrás de ella.

Nada más poner un pie en el puente, los tubos se empiezan a mover. Al principio sólo un poco, como si los agitase el fuerte viento de las alturas, pero enseguida se levantan como los tentáculos de un pulpo. En menos de medio minuto se han convertido en los apéndices de un monstruo. Uno de ellos cae pesadamente entre Alex y yo, que saltamos para evitarlo. ¡Por poco! Debe de pesar por lo menos una tonelada.

La fiesta apenas acaba de empezar. Como un monstruo que estira las extremidades después de una larga hibernación, el superrobot levanta una docena de gruesos tubos en el aire y extrae unos pinchos afilados de las puntas. ¡Jopé con la inteligencia artificial! El monstruo hace girar los tubos y los hace caer en picado uno a uno sobre nosotros, igual que la atracción del pulpo de las ferias. Con la diferencia de que éste quiere matarnos.

Cada uno de nosotros salta en una dirección. Qwfkr, L@ia, Alex y yo caemos lejos de los impactos, pero uno de los pinchos engancha a SuperRouter del chándal y lo levanta por los aires. Su cara es de puro terror. El tentáculo se alza quince metros sobre el suelo y lo proyecta por los aires. Nada va a impedir que caiga al vacío y se estrelle contra el pavimento de la calle, cien pisos más abajo. Ni siquiera nosotros.

Sin embargo, un milagro hace que caiga sobre otro tentáculo que pasa justo debajo, al que se agarra como un koala.

—¡¡¡MAMITA!!! —grita, entre eufórico y muerto de miedo.

—¡GRACIAS POR CONFIAR EN MORI INC.! —El cabezón de publicidad no deja de anunciar sus productos, ni siquiera cuando intenta matarnos.

SuperRouter se arrastra hasta el puente para salvar la vida, pero nosotros no lo tenemos mejor. Un segundo ataque de tentáculos nos cae encima y tenemos que usar las armas para repelerlo. Por unos segundos el puente parece un plato de pulpo, con trocitos saltando en todas direcciones. Pero cuando nos libramos de un tentáculo, otro distinto intenta aplastarnos. Tenemos que emplearnos a fondo para evitar sus pinchos, pero por fin conseguimos eliminarlos.

Detrás de los tentáculos todavía queda la cabeza del monstruo, un gigantesco anuncio luminoso de los drones de Mori Inc. Pero en vez de contentarse con soltar sus eslóganes de publicidad, el monstruo se pone a escupir llamaradas contra nosotros. ¡¿Por qué este pulpo no echará tinta como los demás?! Tenemos que retroceder para evitar convertirnos en carne de barbacoa.

—¿Cómo lo destruiremos? —le pregunto a Alex, protegidos detrás de un muro. L@ia ha llegado hasta la escalera del edificio, donde se recupera de una quemadura en el brazo. Qwfkr está a mi lado. No puedo evitar sonreír al ver que tiene el flequillo chamuscado.

—¡No lo sé! ¿Cómo lo haríamos en MultiCosmos?

—¡Eso intentábamos averiguar, pero los robots nos obligaron a desconectarnos!

El bolsillo me vibra. Saco el móvil y veo que me llama

mamá. ¡Justo ahora! Descuelgo en el preciso momento en que una lengua de fuego nos pasa por encima.

—¿Qué tal, cuchifritín? —pregunta mamá. Odio cuando me llama así…—. ¿Cómo van las cosas por Tokio?

—Mamá, me pillas en mal momento. —El monstruo ruge a diez metros de distancia. Como saque los cañones, estamos perdidos.

—¿Por qué no me has llamado antes? —pregunta con voz triste. A ver cómo le digo que estamos en medio de una batalla a muerte contra unos robots maníacos—. Espero que lo estéis pasando muy bien y que no hayáis tenido ningún inconveniente.

Supongo que se refiere a Aurora, aunque ella es ahora mismo el menor de los problemas. Nos atacan los robots que se suponía que nos iban a proteger.

—Va todo bien, tranqui —le miento—. Las llamadas internacionales son carísimas. ¡Mañana te llamo!

—Está bien. ¡Besitos, cariño! Y cuida del abuelo.

Aprovecho que estamos protegidos por el muro para reconectarme a MultiCosmos y conseguir algo de información sobre el robot. Enseguida aparezco dentro de la crisálida, justo enfrente del monstruo final. Pero la batalla del mundo real tiene sus consecuencias en la red, porque el Mob ha perdido sus tentáculos. Están más conectados de lo que pensábamos. Sin embargo, el busto gigante del señor Mori, que en su momento fue cartel de publicidad, echa llamaradas por la boca. Los anuncios del resort también se han rebelado.

Amaz∞na también se ha conectado y da un grito de

sorpresa. La versión virtual de Ñiñiñi, el mamut-aspiradora, está tendida en el suelo. A pesar de mis advertencias, la elfa-enana se agacha y le toma el pulso. Parece que sigue vivo, así que, sin miedo a que la ataque, lo introduce en su inventario (sí, cabe en la faltriquera; es lo que tienen las bolsas de MultiCosmos). No piensa abandonarlo ni siquiera después de que el bicho haya intentado masticarla.

—¿Qué tal por aquí? —le pregunto a Spoiler, que está descompuesto. Tiene el traje de ninja que echa humo. Acaba de disparar una bola que rebota en la frente del falso señor Mori, sin provocarle ni un rasguño.

—¡Fatal! Ya no me quedan pociones para reponer ♥ de la barra vital. ¿Se puede saber qué hacéis? —Si no fuese por el escudo protector, ya seríamos fiambres—. ¡No conseguimos hacerle ningún daño!

Salto sobre el Mob para propinarle una docena de espadazos, pero la espada binaria no hace mella en él. Después de tres llamaradas, tengo que apartarme como un fracasado. Spoiler me mira con cara de «Te lo dije».

Qwfkr también se conecta desde su móvil y aparece de pronto en el vestíbulo del monstruo final. Parece que los dos equipos hemos llegado a los confines de la galaxia a la vez. Hasta Sidik4 se conecta desde el piso 46, y se muestra aliviada al comprobar que seguimos vivos. Incluso en mi caso.

Todos nuestros esfuerzos son para repeler los ataques del Mob, que lanza llamas por la boca y rayos láser por los ojos, pero lo que es a él, no le provocamos ni una magulladura. Es frustrante. El pobre Hikiko sigue encerrado en su burbuja, sin que nadie pueda alcanzarlo.

Justo debajo de la esfera hay un montón de cables que van hasta una pantalla con un cartel de NO TOCAR y, debajo, un montón de tibias cruzadas y calaveras. No hay que ser una lumbrera para saber que ése es su punto débil.

Encuentra el cable que lleva al panel de NO TOCAR.

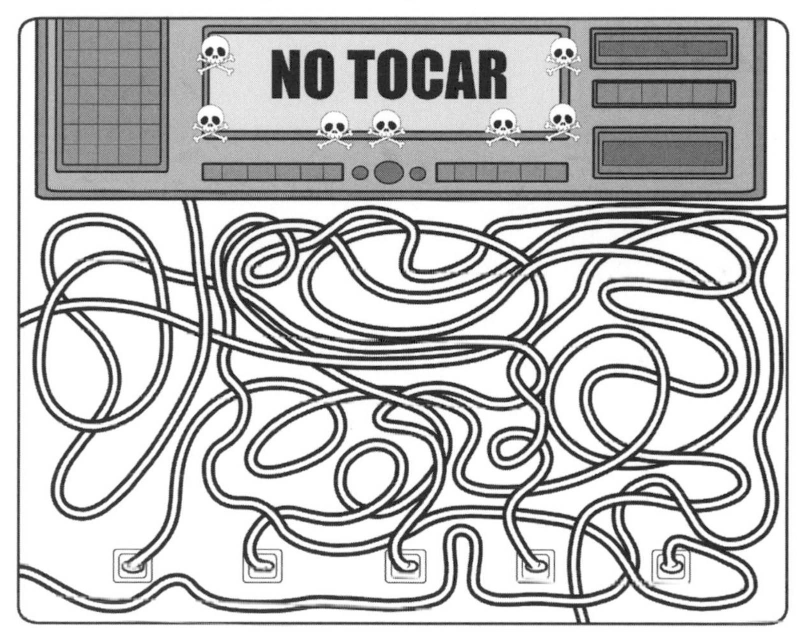

Una vez desembrollo los cables, los desconecto. Amaz∞na, Sidik4 y Cíclope se echan las manos a la cabeza. ¿Qué les pasa? ¡Voy a detenerlo!

—¿Estás loco? —chilla la elfa-enana, histérica.

Cíclope se contiene para no arrancar la cabeza de mi avatar. Salta una alarma de cuenta atrás y se encienden unas luces rojas de emergencia. Vale, ha sido una idea pésima.

ALERTA
INICIANDO AUTODESTRUCCIÓN
FALTAN 10 MINUTOS 59 SEGUNDOS

—¡Lo siento! Pensaba que...

—¡¿Qué entiendes por «No tocar»?! —me grita Sidik4. Supongo que es una pregunta retórica.

El tiempo corre en nuestra contra.

—¡Vámonos de aquí! —brama Cíclope, fuera de sus casillas—. ¡Y a Hikiko que lo zurzan!

El capitán me estira del traje para que lo siga de vuelta a la nave, pero aparto su mano de un manotazo. Luego se dirige a Amaz∞na, con idéntico resultado. Spoiler niega con la cabeza; no pensamos irnos de aquí sin superar la misión. No hemos llegado tan lejos para huir ahora.

—Yo me voy, chavales. —Cíclope se cuelga el arpón a la espalda, rendido, y empieza a alejarse de vuelta a la nave—. ¡Me importa un bledo ese Hikiko y la misión! ¡No pienso arriesgarme por unos críos insolentes!

—¿Vas a abandonarnos? —pregunta Amaz∞na, desencajada. ¡Repíxeles, tiene razón! Sin la Chatarra Espacial, no tenemos modo de escapar del planeta. Y está a puntito de detonación. Concretamente, a siete minutos.

—¡Bah, no es mi problema! —Cíclope se marcha a la carrera, y los tres vemos cómo se aleja por las escaleras que conducen al hangar, pero ninguno hace nada por detenerlo—. ¡Críos insolentes! ¡Ésta es vuestra guerra, no la mía! ¡Ya tengo la pasta y no estoy dispuesto a palmarla por vosotros!

Cíclope desaparece por la puerta, lo que significa que estamos perdidos. Desde que el Oráculo del Lápiz indicó que había un traidor en el equipo, estaba convencido de que sería Sidik4, y al final ha resultado ser el capitán. Nunca volveré a confiar en alguien que abre las latas de mejillones con un arpón. Es lo que pasa cuando sólo te mueves por cosmonedas. Si mi avatar muere junto a los demás, también se habrá cumplido la profecía algorítmica: dijo que dejaría de ser el Usuario Número Uno antes de la medianoche de hoy. ¡Menudo día!

Pero no tenemos tiempo para lamentaciones: hay un Mob de categoría Muy-Pero-Que-Muy-Peligroso a punto de matarnos y la cuenta atrás para que el planeta se autodestruya está a punto de expirar. El pulpo gigante se pone tenso y abre la boca con forma de O. Los Cosmics nos cruzamos miradas contrariados, sin saber qué pretende, cuando el monstruo comienza a succionar el aire con la boca. Mi avatar se arrastra varios píxeles por el suelo.

—¿Se ha vuelto loco? —pregunta Spoiler—. Va a tener que succionar muy fuerte si pretende tragarnos.

Estoy a punto de reírme del intento frustrado del Mob, hasta que reparo en unos números dorados que salen de mi cuerpo y flotan como motas de polvo hasta el cabezón. No sólo me ocurre a mí, sino que el Mob también está aspirando números que emergen del resto de los Cosmics. Entonces Amaz∞na comprende y da la voz de alarma.

—¡Está chupando nuestros Puntos de Experiencia!

Compruebo mi pantalla de información y confirmo su teoría: la cifra de PExp desciende segundo a segundo. Nunca había visto nada parecido. Es la primera vez que me encuentro con un vampiro de Puntos de Experiencia, aunque en la galaxia Mori he vivido la primera vez de muchas situaciones.

Para empeorar las cosas, la alarma empieza a sonar también en la azotea, en el mundo real. Nos despedimos de Spoiler por el momento, guardamos los móviles y volvemos a la realidad de las torres Mori, porque la cuenta atrás afecta a su vez al edificio donde nos encontramos. Pues sí que la he liado bien...

—Me parece que has activado la defensa definitiva antiladrones —sugiere Alex—. Ya sabes lo que eso significa.

La autodemolición de la torre. Un remedio infalible contra intrusos, útil cuando guardas algunos de los inventos más secretos del mundo.

—No nos podemos ir ahora. Tenemos que rescatar a Hikiko o morirá con la destrucción de las torres.

—¿Y cómo se supone que vamos a irnos? ¡Estamos atrapados! —protesta Qwfkr.

—Piensa, piensa, piensa... —dice Alex, golpeándose el mentón. Los dardos de su flauta no dan resultado—. El Cerebro debe de tener un punto débil.

—VISITEN EL MORI RESORT —brama el monstruo, justo antes de lanzar otra bola de fuego que cae a un centímetro de mí—, EL MAYOR PARAÍSO DE MULTICOSMOS.

¿Qué se hace con los anuncios de publicidad? ¡Esquivo un rayo láser! Cuando los veo por televisión, cambio de canal. Pero ¿y aquí? ¡Otra llamarada! ¡Qué pesado! ¡¿Cómo se elimina un anuncio a tamaño real?!

—No me quedan fuerzas... —protesta Qwfkr, a punto de sucumbir. En la vida real no hay pociones ni muslitos de pollo que valgan—. ¡Tenemos que huir!

La luz de unos potentes focos cae sobre la azotea. Son los helicópteros de la policía de Tokio, que han venido alertados por el humo. El cabezón robot los recibe con una llamarada de fuego que los obliga a retroceder. Adiós a nuestros rescatadores.

Y de pronto lo veo. Una X minúscula, del tamaño de un grano, en un pliegue del cuello del falso señor Mori.

5 MINUTOS 12 SEGUNDOS PARA LA AUTODESTRUCCIÓN

—¡Hay que cerrarlo! —grito mientras esquivo el penúltimo ataque—. ¡Cerrar la ventana!

—¿Cómo? —pregunta Amaz∞na a mi lado. Los demás ponen la misma cara de «Qué-repíxeles-dice-éste»—. ¿Qué ventana?

—¡El Cerebro se comporta como un anuncio de la web, un desagradable anuncio de publicidad! —Apunto a la X con la espada. El robot tiene el mismo punto flaco que su versión Mob—. ¡Tiene un botón para cerrarlo, igual que una ventana del ordenador!

A mi amiga se le ilumina la cara (y eso que está cubierta de heridas y hollín). Los demás tardan un poco más en comprenderlo, pero enseguida nos ponemos manos a la obra. Qwfkr y L@ia corren uno a cada lado del monstruo para distraerlo, lo cual no supone un problema para el robot, que tiene una habilidad brutal para lanzar rayos laterales. Entonces Qwfkr salta sobre él y le propina guantazos en la calva. No le hace pupa, pero consigue poner histérico al Cerebro.

L@ia se retira para recuperarse de las heridas. Mientras tanto, los ojos del superrobot centellean con un aluvión de cifras que crecen sin parar. Apuesto a que son los Puntos de Experiencia que su Mob está succionando a nuestros avatares en MultiCosmos. Mi único consuelo es que Qwfkr está perdiendo PExp a la misma velocidad que el menda.

Entonces Alex y yo nos lanzamos al ataque definitivo. La X para hacerlo desaparecer se intuye discretamente en el cuello; todos los anuncios de internet tienen una, y esta réplica robótica para el mundo real no iba a ser menos. Intento pinchar con la punta de la espada, pero el cabezón se mueve rápido y me arroja de un narizazo a cinco metros de distancia, justo en la barandilla. Si estuviera en MultiCosmos, habría perdido un ♥. Aquí, en cambio, me machaco todos los huesos.

El Cerebro nos lanza por los aires a poco que nos acercamos. Volvemos al ataque con idéntico resultado, así una y otra vez, sin confundirlo, mientras mantiene a raya los helicópteros de salvamento y el edificio está a punto de colapsar. MultiCosmos era un juego. Esto es real.

2 MINUTOS 45 SEGUNDOS PARA LA AUTODESTRUCCIÓN

Sus llamaradas y latigazos son letales, y da igual las veces que intentemos dañarlo, porque siempre responde con el doble de fuerza. Tengo que ponerme detrás de una pared y coger oxígeno para resistir unos minutos más. ¿Tanto esfuerzo para esto? ¿Hemos huido de una cibercriminal, cruzado MultiCosmos y superado varios enemigos de la galaxia Mori para morir así?

La única que resiste en pie es Alex. Sigue delante del robot, paralizada. Está tumbada a su lado desde hace minutos, sin atreverse a llamar su atención. Tiene la ropa hecha jirones y una herida fea en el brazo, pero no se achanta. El Cerebro podría abrasarla con sus llamas, fulminarla con el láser, masticarla entre sus dientes. Y sin embargo, la ignora como a una mosca. Mi amiga está tan sorprendida como el resto. Es como si no existiese para él.

—¡Conéctate a MultiCosmos y usa el Tridente de Diamante contra el Mob! —le chillo desde mi sitio. Echo un vistazo a la pantalla del móvil y compruebo que he perdido más de medio trillón de PExp. Pero esta vez no me preocupa mi posición en el ranking: el Cerebro va a pulverizarnos, y no me refiero a nuestras versiones avatar—. ¡Eres la única que puede salvarnos!

El arma invencible. El Tridente de Diamante es el objeto más poderoso y definitivo contra cualquier rival, pero no ha sido utilizado ni una sola vez. Mi amiga opina que es demasiado peligroso, pero las circunstancias no le dejan opción. Le grito otra vez, pero Alex, para mi horror, se gira y niega con la cabeza. Tiene al Cerebro a unos pocos pasos de distancia, pero éste la esquiva a cada ataque que lanza. Es un fenómeno inaudito.

1 MINUTO PARA LA AUTODESTRUCCIÓN

—¡Por favor! —le imploro, desesperado—. ¡Sólo una vez! ¡O moriremos!

Los cimientos del edificio se sacuden, preparados para

la demolición programada. Vamos a morir sepultados entre los escombros de las torres Mori. El buenrollismo de mi mejor amiga ha llegado demasiado lejos. Su actitud pacifista va a acabar con nosotros.

La última llamarada derrumba el muro que nos protege. Estamos perdidos. ¡Un solo toque del Tridente bastaría para fulminarlo! ¡Sólo uno! Pero Alex se mantiene imperturbable, delante del monstruoso MoriBot, incapaz de hacerle daño. Éste corresponde con la misma impasibilidad. ¿Por qué no la mata? ¿Por qué la tolera, como si no la viese?

35 SEGUNDOS PARA LA AUTODESTRUCCIÓN

Entonces ella se gira, me mira y comprende.

Claro. El señor Mori nos lo dijo al llegar: el superordenador memoriza todos nuestros movimientos. Aprende de nuestros actos para evaluar hasta qué punto somos o no peligrosos. Por eso se defiende con tanta fiereza, porque hemos atacado previamente a sus Mobs. Nos ha señalado como enemigos porque nosotros hemos empleado la violencia. Su inteligencia artificial ha aprendido de nosotros.

De todos, menos de Amaz∞na, que se ha limitado a inutilizarlos pacíficamente, sin ocasionarles ningún daño. Por tanto, el Cerebro no la identifica como enemiga. No lo es. Su estrategia de no violencia le ha dado resultado.

5 SEGUNDOS PARA LA AUTODESTRUCCIÓN

Alex lo ha comprendido a la vez que yo. Da un paso al

frente, estira el brazo que le queda sano y pulsa la X escondida entre las arrugas del cabezón. El robot ni siquiera opone resistencia.

—¡NUEVOS DRONES DE MORI INC.! —grita por el altavoz—. DESCUBRE LAS NUEVAS...

El Cerebro no puede terminar. De pronto cierra los ojos y enmudece. Está apagado. La cuenta atrás de la demolición del edificio se ha detenido cuando quedaba justo un segundo para el final. Alex lo ha eliminado como a un anuncio de internet. Estoy a punto de correr a abrazarla cuando el Cerebro vuelve a despertar. Me quedo congelado donde estoy. Mi amiga tampoco sabe cómo reaccionar, cuando el superrobot se convulsiona por última vez, suelta un eructo y se apaga para siempre. La flauta de Alex brilla tenuemente, pero enseguida se apaga.

Tardamos unos segundos en comprender que ha llegado el final de la pesadilla. La cabeza se descuelga y rueda por el puente hasta la azotea de la torre sur. Se golpea contra un muro y se parte como un cascarón.

No, no se ha roto. Es la oreja derecha, que se ha descolgado como una puerta. Una puerta secreta.

—¿Qué demonios...? —murmura Qwfkr.

Corremos hacia la cabeza. El interior es una nube de humo y tiene llamas por todas partes. De pronto, una figura enclenque sale por el hueco de la oreja, tosiendo. Es una adolescente japonesa con el pelo corto y cara de mal genio, muy mal genio. Nos fulmina con la mirada nada más vernos.

—¿Qué habéis hecho, idiotas? —La chica también tiene su prototipo de holopulsera que traduce sus gritos del japonés.

Lleva pantalones de pijama y una sudadera con su nombre escrito en la espalda. Es Hikiko, el hijo del señor Mori, el objetivo de nuestra misión de rescate. Sólo que no es un chico, sino una chica. ¡Vaya, esto sí que no me lo esperaba! Aunque si uno puede elegir un extraterrestre, un robot o un monstruo por avatar, no hay motivo para que una chica no pueda elegir un estudiante fantasma. Ahora que caigo, el señor Mori nunca se refirió a Hikiko como un chico. La culpa es nuestra por sacar conclusiones precipitadas.

—Venimos a rescatarte —dice Alex, aunque ya no está tan segura de qué hemos venido a hacer.

Hikiko está que echa humo, y no sólo en sentido figurado.

—¿Es que una no puede conectarse sin que la molesten? —protesta, enfadada—. ¿Secuestrada, yo? No salgo porque no quiero. Los robots me traen todo lo que necesito.

No entiendo nada. Alex y yo echamos un vistazo al interior de la cabeza y lo que vemos no se parece en nada a una prisión: se trata del dormitorio de un adolescente, con un potente ordenador, media docena de videoconsolas de última generación y una cama sin hacer. Hay cajas de pizza y latas de refresco acumuladas por todas partes.

Entonces, si la chica ha estado escondida aquí para conectarse a MultiCosmos sin que la molesten, no hubo ningún secuestro, solamente una viciada de campeonato. El señor Mori va a flipar cuando se entere, y al mismo tiempo se va a llevar una alegría enorme. Me muero de ganas por contárselo.

Qwfkr y Alex intentan tranquilizarla, pero es inútil: la chica está furiosa por la interrupción. Hemos fastidiado su récord de conexión ininterrumpida, un hito exclusivo para los más viciados. También nos hemos cargado su ordenador, y no está muy contenta con la idea. No hace ni un minuto desde que la hemos rescatado y ya nos estamos arrepintiendo. Hikiko es de las que prefieren estar solas.

Yo sigo en la puerta de la esfera observando la conversación entre Qwfkr, Alex e Hikiko cuando de golpe noto un objeto frío contra el cuello. Me da un calambre y caigo frito.

<El enigma de Aurora>

Lo siguiente que siento es que pierdo la noción del espacio y la mente se me pone en blanco como una web a medio cargar. ¿Hola? ¿Qué ha pasado? Intento llamar a Alex, pero las palabras se me quedan pegadas a la lengua. Tampoco tengo éxito moviendo los brazos o poniéndome en pie. Siento que me arrastro por el suelo, pero no tengo ni idea de cómo lo hago. O a lo mejor alguien me lleva a rastras.

Estos primeros minutos son muy confusos. Recibo tantos golpes que pierdo la cuenta y sólo veo luces parpadeantes y oscuridad. Si esto es morir, no mola. Por lo menos podrían poner un poco de música y dar explicaciones. Quiero saber qué dron ha acabado conmigo justo después de destruir al monstruo final. ¡También es mala suerte!

De pronto veo una potente luz delante. Debe de ser el túnel del que todos hablan; espero que no tenga peaje, porque no he traído pasta. La luz se mueve de lado a lado. ¡Para el carro! Poco a poco recupero el resto de los sentidos; escucho ruidos cerca y tomo conciencia de mi cuerpo, que, por cierto, está más dolorido que una piñata en una fiesta de cumpleaños. Entonces despierto del todo y sé que sigo vivo. Apaleado pero vivo. Y hay una linterna delante de mis narices, moviéndose en círculos.

—¿Puedes parar de enfocarme? —le digo a quien sea que me está deslumbrando.

La luz desaparece y tardo unos segundos en poder enfocar al dueño de la linterna. Cuando por fin lo hago, suelto un grito, me levanto y me golpeo contra el techo. Vuelvo a caer dolorido.

¡¡Es Aurora, alias Enigma, la Master loca, la mismísima cibercriminal!!

Intento mover las manos, pero se ha ocupado de atármelas. Estoy perdido. Si lo llego a saber, me quedo en el túnel de la luz; total, la muerte iba a ser más rápida.

—¡¡¡SUÉLTAME, ASESINA!!! ¡¡¡NO TE ATREVAS A TOCARME!!! ¡¡¡HAY POLIS POR TODAS PARTES!!!

—No me digas. —Aurora sonríe enigmáticamente. Siento un escalofrío en la espalda—. La única seguridad de este edificio era un superordenador, y os lo habéis cargado. Muchas gracias, me has hecho más fácil la entrada.

Perfecto. Ahora es culpa mía.

—¡Te encontrarán! —insisto desesperado—. ¡Aunque me mates, no te servirá de gran cosa! ¡Hay miles de polis y Moderadores detrás de ti!

—Ya ves con qué éxito me buscan —dice con indiferencia. He perdido la cuenta de las veces que les ha dado esquinazo. Es un cerebrito peligroso—. ¿Vas a dejar de huir de mí?

—No sé. ¿Vas a matarme? Es el modo de no poder huir más.

Aurora se pasa una mano por su melena rizada y resopla. Entonces reparo en nuestra ubicación: estamos en los conductos del aire, seguramente todavía en las torres Mori.

Por eso me he golpeado con el techo al intentar levantarme. Supongo que ni siquiera Aurora lo tendrá fácil para salir de aquí, aunque no sé en qué orden sucederán los acontecimientos: si primero huirá y después me asesinará, o al revés. Me gustaría vivir un rato más. No sé, unos cien años.

—¡¡¡Suéltame!!! ¡Me engañaste como a un idiota! ¡Creía que eras mi amiga! —Todavía se me ponen los pelos de punta cuando recuerdo nuestras largas conversaciones en la copa de la secuoya, el verano pasado. La cibercriminal y Master rebelde se hizo pasar por una *otorrinóloga*... o como se llame eso. Menos mal que fui más listo que ella y hui—. ¡¡¡Los otros Masters vencerán!!! ¡El bien siempre gana!

Aurora suelta otra risotada. Había olvidado que está un poco-bastante loca. Dejo de intentarlo.

—¿Eso crees, iluso? —La asesina de Nova frunce el ceño—. Te he traído hasta aquí por algo.

—¡Para matarme! —me adelanto. ¿Para qué le doy ideas?—. O... para otra cosa más pacífica.

—¿De qué hablas, insensato? —Aurora suelta un bufido de gato, desesperada—. Quiero que escuches una cosa.

Aurora me da la vuelta y abre una trampilla en el conducto de ventilación. Detrás aparece un despacho que no conocía; estamos a cierta altura y no nos ven desde el interior. Casi me da algo cuando veo al mismísimo señor Mori. Estoy a punto de pedir auxilio cuando Aurora me mete un pañuelo en la boca que automáticamente ahoga mi voz.

—Escucha.

—*Mfff*... —protesto.

—¡Chisss! —insiste Aurora—. ¡Escucha, te digo!

Como no tengo alternativa, obedezco a mi asesina.

Lo primero que me sorprende es que el señor Mori está vivito y coleando. Mientras que nosotros hemos luchado contra un ejército de drones y tenemos el cuerpo cubierto de suciedad y mamporros, al magnate no se le ha arrugado el traje y bebe de una copa en el butacón de su despacho. Parece bastante sano. Hay varios MoriBots junto a él, pero en vez de amenazarlo, atacarlo e intentar matarlo como a nosotros, se dedican a obedecer sus órdenes. Se suponía que estaba escondido en un rincón secreto del edificio para huir de ellos. No entiendo nada.

El señor Mori le da una orden al robot secretario y éste aprieta unos botones en el teclado de un ordenador. A continuación aparecen unas imágenes proyectadas por holograma, la última tecnología de Mori Inc. Estoy maravillado con el invento cuando aparece el avatar de Celsius flotando. El Administrador Supremo de MultiCosmos normalmente está bastante enfadado, aunque sospecho que soy yo quien le pone de mal humor. Sin embargo, ahora, curiosamente, parece bastante alegre, igual que el señor Mori. Qué raro, es la primera vez que lo veo sonreír.

—El plan ha sido un éxito —le dice el magnate al holograma—. Los dos equipos han completado el entrenamiento.

—¿Qwfkr ha aprobado? —Mori asiente—. ¿Y el Destrozaplanetas? —Mori asiente otra vez—. Estupendo...

Las llamas de la corona de Celsius echan chispas holográficas de la emoción.

—La nueva generación de armas multicósmicas está en

marcha —explica el magnate—. Los prototipos han funcionado a las mil maravillas. Hemos tenido algún incidente con los drones, pero nada que no se pueda reparar.

Intento asimilar bien sus palabras. ¿«Entrenamiento»? ¿«Aprobado»? ¿«Prototipos»? Pero no puedo distraerme, porque la conversación continúa. Celsius dice que los Masters quieren agradecer personalmente la colaboración de la compañía. Casi me da un síncope cuando veo los hologramas de los tres fundadores restantes: Mr Rods, el diplomático; G0dNeSs, la ingeniera de Mobs, y Mc_Ends, el genio de las construcciones. Sus avatares parecen tres dioses griegos, túnicas incluidas. Cuando los escucho hablar, estoy tan emocionado que por un momento me olvido del futuro oscuro que me espera. El grupo de Masters lo completa la proscrita Aurora/Enigma, que está a mi lado, y Nova, que murió asesinado precisamente a manos de mi secuestradora.

—Gracias por su colaboración, señor Mori —dice G0dNeSs. Su voz recuerda a una nana; me encantaría tenerla a mi lado todo el día—. Aunque no haya sido todo lo satisfactoria que esperábamos.

El señor Mori tuerce el gesto. Los tres Masters se mantienen imperturbables.

—¿Qué ha salido mal? —Está ligeramente asustado—. Los jugadores se creyeron el hackeo de la galaxia Mori y el falso secuestro de Hikiko, probaron los prototipos de armas de impresión 3D y hasta han desarticulado el Cerebro, para éxito de nuestro test. Gracias a ello, podremos mejorar los inventos.

—Los dos equipos debían completar el entrenamiento

sin encontrarse —continúa Mr Rods. El señor Mori palidece—. Estamos muy decepcionados por ese detalle... Tampoco han probado todas las armas. Y han encontrado el modo de hackear la holopulsera para evitar la recepción de frecuencias, un fracaso imperdonable.

—Lo... lo siento —se disculpa el señor Mori, cuya holopulsera traduce todo desde la muñeca—. Mantener la farsa no ha sido fácil. Me he pasado tres días yendo de una torre a la otra como un loco.

—Necesitamos un ejército en el mundo real, un ejército capaz de derrotar al de cualquier país —dice G0dNeSs, y de pronto su voz ya no me parece tan amable. Suena como unas uñas arañando una pizarra—. Ya puede mejorar los prototipos desde hoy si quiere seguir dentro del plan... y del negocio.

—Por supuesto, lo siento. —El magnate se pone a hacer reverencias como un loco. Los Masters lo asustan más que un Mob monstruoso—. ¡Mejoraré los prototipos! ¡Probaré nuevos soldados! ¡Reprogramaré los códigos!

—Y que nadie se entere de esto, si todavía aprecia su vida —lo amenaza Mr Rods con la misma facilidad que pediría un café con leche—. Ningún gobierno debe interferir en el proyecto Ejército de MultiCosmos.

La señal se corta y los tres avatares desaparecen. El señor Mori murmura un «buenas noches», pero no hay nadie más que nosotros para oírlo. Aurora se da por satisfecha y cierra la trampilla de ventilación. Me quita el pañuelo de la boca de un tirón.

—Ahora ya lo sabes.

Necesito, no sé..., mil años para comprender algo. ¿Por dónde empezar? ¿Un ejército de avatares? ¿La misión de rescate era un entrenamiento encubierto? ¿Para eso eran las gafas y la butaca del ordenador? ¿Por qué querrían los Masters algo así? ¿No se suponía que eran los buenos?

—Llevo meses intentando explicártelo sin éxito —dice Aurora mientras se sienta contra la pared. Parece bastante cansada. Ella también está llena de magulladuras; no quiero ni imaginar lo que le habrá costado llegar hasta mí—. Primero quise hacerlo en el campamento, pero te fuiste antes de que tuviese oportunidad. No quería asustarte con tanta información de golpe; después te busqué a la salida del instituto, pero los Moderadores me interceptaron. Lo intenté de nuevo en el aeropuerto, incluso en la CosmicCon. He tenido que venir hasta aquí para hacerlo.

—¿Que me querías contar qué? ¡Anunciaste en internet que acabarías conmigo!

La Master se cruza de brazos. Esta conversación la aburre más que un especial de la Teletienda.

—Yo no escribí esas amenazas, cabeza de Mob. ¡Son un invento de los otros Masters! Utilizaron una copia de mi imagen y distorsionaron mi voz para ponerte en mi contra.

Por un momento dudo, pero al instante comprendo que Aurora me quiere confundir. No puedo dejarme engañar por la cibercriminal más peligrosa del mundo.

—¿Y qué hay de cuando intentaste acabar conmigo en el aeropuerto, o en el restaurante de la CosmicCon? ¡Ajá! —La he descubierto—. ¡Vi el cuchillo con mis propios ojos! ¿Qué dices a eso?

—¿Qué cuchillo?

Aurora saca un objeto brillante del bolsillo. Es el mismo de las otras veces, pero de pronto veo que no es ningún puñal. Soy un idiota PRO. Se trata de un pendrive plateado que termina en una inofensiva punta redondeada; no serviría ni para agujerear una patata.

—Esto es lo que te quería dar. Aquí está todo lo que necesitas saber, también sobre la desaparición de Nova.

—Espera, sigo sin poder creerte. ¿Qué pasó con él? ¡Tú lo mataste! —la acuso. No se va a ir de rositas—. ¡No les cargues el muerto a los otros!

—¡YO NO LO MATÉ!

Aurora ya no suena cansada o molesta, sino furiosa. He tocado un resorte desconocido, es como si se inflase de furia y pareciese más grande. Da miedo verla.

—¡¡¡Nova era mi mejor amigo!!! ¡Nunca le hubiese hecho daño, jamás! ¿Entiendes? ¡JAMÁS!

Parece bastante segura de sí misma, pero entonces falta un culpable, y yo soy pésimo con las deducciones.

—Entonces... —pregunto intrigado—, ¿quién fue?

Aurora abre mucho los ojos, como si pudiese leer en sus pupilas.

—¡Fueron ellos, por supuesto! Los otros tres Masters son los culpables de todo. Mis antiguos colegas: Mr Rods, GOdNeSs y Mc_Ends.

OMG. VA-YA-BOM-BA-ZO. Si esto fuese una serie de televisión, sería el momento de irnos a publicidad, pero me temo que es la vida real y aquí no hay barras vitales ni pociones.

Ha llegado el momento de la verdad. La cibercriminal se aclara la garganta y comienza a contarme la historia más secreta de la red y del otro lado de la pantalla. Soy todo oídos; es lo que pasa cuando estás atado, que no tienes más opción que escuchar:

—Al principio todo iba bien. Éramos los cinco jóvenes informáticos con más talento de la universidad. Nos repartíamos las matrículas de honor y dejábamos en evidencia a los profesores. Muy pronto sentimos la necesidad de llegar más allá de los simples proyectos de clase.

»Empezamos a crear la versión beta de MultiCosmos antes del último curso. Fue un éxito en el campus, ¡y eso que los avatares parecían cabezacubos! Enseguida Mr Rods consiguió los primeros inversores, lo que nos sirvió para seguir desarrollando la web. Cada uno tenía una función definida y nos organizábamos bien. Ésos fueron los años felices. MultiCosmos se convirtió rápidamente en la web más famosa de la red y cada día se registraban cientos de miles de Cosmics nuevos. Nos hicimos ricos en menos de tres meses.

»Pero eso fue al principio, cuando MultiCosmos apenas había mostrado su potencial. Después no supimos qué hacer con tanto éxito. La relación entre nosotros se enrareció. G0dNeSs, Mc_Ends y Mr Rods querían más y más, mientras que Nova y yo pensábamos en retirarnos y dejar que MultiCosmos creciese sola. Sentíamos que pertenecía a los Cosmics, no a nosotros. Según ellos, éramos unos inconscientes: queríamos desaprovechar la herramienta más poderosa. "Pero poderosa, ¿para qué?", les pregunté. Nova y yo no ambicionábamos nada. Fue nuestra primera discusión seria, pero no volvieron a insistir en el asunto. Pensábamos que se habían olvidado y cada uno tomó su camino. MultiCosmos podía funcionar sin nuestra intervención y contábamos con unos administradores que hacían el trabajo por nosotros.

»Entonces, hace casi dos años, nos volvimos a reunir. Ni Nova ni yo podíamos imaginar que los otros tres ya habían tomado una decisión sin consultarnos. G0dNeSs empezó con sus estúpidas estadísticas: "Si MultiCosmos fuese un país, sería el más poblado del planeta con diferencia". Después, Mc_Ends nos habló de nuestros Cosmics influyentes; según él, los usuarios más populares podían mover masas a su antojo. Nova y yo no sospechábamos adónde querían ir a parar, hasta que Mr Rods llegó al quid de la cuestión: con la red de información de MultiCosmos infiltrada en todos los ordenadores de los gobiernos del mundo, podríamos conseguir lo que quisiésemos. Debíamos dar un paso para hacernos con el control efectivo del mundo. Ellos dijeron que para lograr la paz, pero... ¿cómo lo iban a conseguir así? Ocultaron la verdad. Lo que pretendían era dominar el mundo.

Dominar el mundo. Las tres palabras retumban en mi cerebro.

—Esto es una locura. ¿Me estás diciendo que los otros Masters de MultiCosmos tienen un plan maquiavélico para la dominación mundial?

—Justo eso —responde Aurora sin titubear. Pero ya no me da la risa. La cibercriminal, si es que alguna vez lo ha sido, no habla en broma—. Nova y yo nos opusimos; lo único que deseábamos era la libertad en internet. Pero ellos tres, con la excusa de la paz, querían controlarlo todo. ¿Tienes idea de cuántos ordenadores, móviles y tabletas se conectan a MultiCosmos cada minuto? ¿Y cuántos de ellos pertenecen a las altas esferas? Nadie jamás lo ha tenido tan fácil para conseguir documentos secretos y chantajear al poder como nosotros. Pero se suponía que no íbamos a hacer el mal. ¡Eso habíamos dicho al principio de los tiempos!

»Ahí comenzaron las peleas y los enfrentamientos. Los otros tres eran mayoría y nos acusaban de cobardes. "¿Es que no queréis arreglar los problemas del mundo?" Pero al mismo tiempo firmaban acuerdos de armamento, estudiaban la creación de un ejército Cosmic en el mundo real y desarrollaban los primeros prototipos reales de sus inventos. Ya has visto lo que Mori Inc. puede hacer. Pues esto es sólo el principio.

La imagen de un batallón de Cerebros consigue ponerme los pelos de punta. No puede ser verdad.

—Será un fracaso. Nadie querrá unirse a un ejército. ¡La guerra es un asco!

—Nadie que sea dueño de su voluntad —responde Aurora, y no entiendo a qué se refiere—. Nadie que sea libre... *mientras lo sea.*

—A ver, para el carro. ¿Cómo van a crear un ejército? Podrán engañarnos para probar sus inventos, pero jamás nos obligarán a luchar en una guerra de verdad. Es ridículo. ¡Lo denunciaremos! ¡Mi madre es directora del periódico local! ¡Puede publicarlo en portada! Eso si no hay partido de fútbol —añado en voz baja, pensativo—, porque siempre consigue robar protagonismo a todo lo demás.

—Buena suerte —dice la Master, derrotada—. Yo llevo un año intentándolo sin éxito. Nadie levanta el teléfono, nadie responde a mis e-mails. Los otros Masters han tomado la delantera y todos están de su parte. Tienen a los medios de comunicación sobornados, a los líderes mundiales bajo amenaza. Y los que no lo están, se lo toman a risa. ¿MultiCosmos un peligro mundial? ¡Creen que sólo para la tarifa de datos! Si aprecias en algo ese cabezón que tienes sobre los hombros, te aconsejo que no te enfrentes a ellos. Morirás más rápido de lo que tardas en enviar un wasap.

No le falta razón. Hace días que circulan un montón de documentos filtrados por MultiLeaks, y jamás han llegado a los medios. Es como... si los censurasen.

—Es muy grave. ¡Algo se podrá hacer!

Aurora corta la cuerda que me ata de pies y manos. Supongo que ya no teme que vaya a huir.

—No está todo perdido. Por suerte, previmos esto en los primeros días de la web. —Aurora saca una tableta de su mochila y me muestra una vista general de la galaxia Madre, en el corazón de MultiCosmos. El zoom se acerca hasta el planeta Aa, el micromundo de los Masters—. Creo que ya conoces nuestro planeta. Sabes lo que es el Panel de Control, ¿verdad?

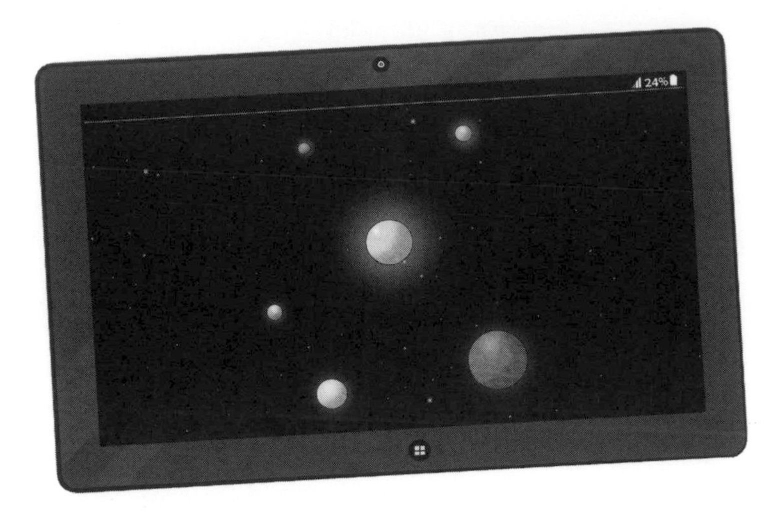

—Sí; sirve para administrar una galaxia.

—El que maneja el Panel de Control tiene los mandos de esa parcela del universo. Pero existe un Panel de Control superior, el Panel de Control por antonomasia, el Panel de Control de MultiCosmos al completo. Y está justo en el planeta Aa.

—¡Pero los tres Masters están ahí! ¡Ellos tienen los mandos!

Aurora vuelve a sonreír, lo que me devuelve un poco la esperanza perdida.

—Afortunadamente, no es tan sencillo. Cuando creamos MultiCosmos, me encargué de que la puerta que lleva al Panel de Control, justo debajo del logo del planeta, no se abriese sin la participación de los cinco Masters. Así no podríamos hacer un cambio sustancial sin la aprobación de los demás. La puerta se cerró tras la última discusión, y no se ha vuelto a abrir desde entonces. Ellos necesitan nuestras llaves, y nosotros las de ellos. Mientras tanto, Multi-

Cosmos continúa inalterable; ni siquiera pueden destruir o controlar a mi avatar. Sigo protegida. Tampoco pueden espiar a quien deseen. Los Cosmics también siguen protegidos, aunque no sé por cuánto tiempo.

—¿Qué pasaría si se hiciesen con el poder total?

La Master se muerde el labio inferior, inquieta.

—Podrían hacer lo que quisiesen con MultiCosmos, probar nuevas dimensiones de control. Sería el fin. Y no hablo sólo de internet. —Trago saliva. Aurora se ha puesto muy seria—. Por eso tenemos que resistir, organizar la resistencia. Pero por ahora, si valoras tu vida, tienes que disimular. Finge que no sospechas nada. Actúa con normalidad hasta que llegue nuestra oportunidad. Es la única opción que tenemos para contraatacarlos. Tú no sabes nada.

—Soy un maestro en hacerme el tonto —reconozco orgulloso. Pongo mi cara de pardillo integral, resultado de un duro entrenamiento. Me he librado de un montón de castigos con ella—. ¡Nadie sospechará de mí!

Justo cuando me había propuesto no volver a mentir jamás, y resulta que ahora mi vida depende de ello. Aurora está a punto de irse cuando me viene una última pregunta a la cabeza, una duda que me reconcome desde hace tiempo.

—¿Por qué yo?

La Master renegada me mira de arriba abajo. No esperaba esta pregunta.

—¿Por qué me benefician los otros Masters? —Esto me da una vergüenza horrible, pero no puedo fingir por más tiempo que no me doy cuenta de las cosas—. Está claro que me ayudaron en el MegaTorneo. Yo no quería hacer trampas, pero ellos me dieron el empujoncito que necesitaba para llegar hasta el final. —JAMÁS admitiré que he tenido esta conversación. Me estoy empequeñeciendo por segundos. Hace meses que me repito la misma pregunta. ¿Soy mejor Cosmic que los demás? ¿Han visto cualidades en mí que no tiene el resto? ¿Quién más podría haber ganado dos competiciones seguidas? Aunque los Masters me hubiesen echado un cable, yo tampoco me he quedado de brazos cruzados. Tuvieron que elegirme por algo, pero no sé qué—. ¿Por qué me eligieron a mí, si no los conozco? ¿Es que soy... *especial*?

Ya lo he soltado. Uf... No aguantaba más la pregunta dentro.

Pero Aurora muestra una media sonrisa y resopla.

—Tú no eres especial —suelta la Master sin titubear. La respuesta me golpea como un Mob martillo—. No te eligieron por ser más fuerte ni más inteligente. Siento decirte la verdad: te eligieron a ti porque eras el más débil de los candidatos, el más manipulable.

Me quedo en blanco. Sólo me falta una gota gigante sobre la cabeza como en los mangas.

—Qwfkr no era un Usuario Número Uno fácil de controlar, prefería ir por libre. Por ese motivo los otros Masters idearon la competición del Tridente de Diamante, para relegarlo a la segunda posición y terminar con su hegemonía. Necesitaban a un Cosmic novato para derrotarlo, alguien que no les diese problemas. Un Cosmic que se apuntase al MegaTorneo sin dudar, que se creyese la farsa de mi doble y hasta que viniese a Tokio a probar sus armas. —Aurora me da una palmadita en el hombro—. Lo siento, chico, ésa es la verdad. Si te eligieron a ti fue porque podían manejarte a su antojo.

La verdad siempre es más pesada que la mentira. La revelación de Aurora se me mete muy adentro y se transforma en algo nuevo para mí: ira. Me siento peor que un muñeco de trapo, que un Mob de limpieza. Yo que pensaba que me habían elegido por ser especial, y el motivo era... que soy un panoli. El Panoli Número Uno.

—De todos modos, no tendrás que preocuparte más por eso —agrega la Master como si nada—. Ya no eres el primero del ranking.

—¿Cómo?

La profecía algorítmica. El reloj está a punto de marcar la medianoche, justo como me advirtió la ingeniera. Aurora sonríe divertida. No sé dónde le ve la gracia.

—El Cerebro ha succionado la mitad de tus Puntos de Experiencia. Tienes suerte de que todavía te queden bastantes, porque otros se han quedado con el contador casi a cero.

—Entonces, ¿ya no soy el primero? —Después de la última revelación, no sé si debo alegrarme—. ¿El Usuario Número Uno vuelve a ser... Qwfkr?

Vale que hayamos luchado juntos en la batalla final, pero necesitaré tiempo para considerarlo un aliado. Odiaría cederle el testigo. Sin embargo, Aurora niega con la cabeza y suelta una pequeña risotada. Se lo está pasando bomba con el asunto.

—Qwfkr también ha perdido su buena ración de PExp, no temas por él... El Usuario Número Uno es otro. Después de que el Cerebro os succionase la experiencia y muriese, ha resucitado por un segundo para expulsar los puntos. —Vaya, el eructo de antes. Pensaba que iba a matar a Alex—. Y, por proximidad, la Cosmic que lo ha derrotado se ha llevado todo esas PExp de golpe.

Tardo un segundo en caer en la cuenta. La flauta de Alex ha brillado misteriosamente justo después del eructo, como si recibiese un impulso eléctrico.

—¿¿¿Alex es la nueva Usuaria Número Uno???

Pero me quedo con ganas de preguntarle más, porque la trampilla del conducto de ventilación se abre de pronto y aparece un dron al otro lado, dándonos un susto de muerte. El trasto escanea el rostro de Aurora y suelta un pitido agudo. El dron le apunta con un disparador, pero Aurora tampoco se queda atrás: le pega una patada en la carcasa y lo lanza contra el techo. Después salta al despacho, que ahora está vacío, y rompe el cristal del ventanal. El frío llega hasta aquí y entra tanto ruido de sirenas que no escucho nada. El dron está a punto de contraatacar, pero Aurora aprieta un botón de su mochila, salen unas hélices de detrás y salta al vacío. La excriminal desaparece en la oscuridad tokiota, libre de peligro. El dron intenta perseguirla, pero enseguida regresa con cara (si es que un dron la tiene) de fracaso. Por suerte, no ha reparado en mí.

Yo aprovecho la confusión para escapar por el tubo de ventilación y regresar a la azotea. Allí está Hikiko, que recibe una reprimenda (falsa) de su padre. Apuesto a que él siempre supo que su hija vivía en el centro del cabezón y se aprovechó de la situación para fingir el secuestro y hacernos probar sus inventos; el señor Mori disimula a la perfección, pero no me atrevo a acusarlo. La advertencia de Aurora resuena en mi cabeza: «Finge que no sospechas nada». Tengo que disimular. El ricachón se disculpa por el ataque del superordenador y promete compensarnos; todo ha quedado en un error de máquinas sin importancia, y la desaparición de Hikiko, en una travesura de adolescente. Alex, el abuelo, la Menisco, Rebecca, Sidik4, Qwfkr..., todos se tragan el cuento de la rebelión de los drones, sin sospechar que formaba parte de un plan urdido por los Masters y él para que probáramos la nueva generación de armas, las primeras que funcionan en la vida real. Yo me cuido mucho de abrir la boca; cuando me preguntan dónde estaba, respondo que en el baño, vaciando la vejiga. Tanta batalla casi me mata.

Subimos al dron de pasajeros y nos fundimos con la noche de Tokio. Las torres Mori se incendian abajo, ahora desiertas de humanos. Los bomberos trabajan sobre el edificio. Aparentemente, la pesadilla ha terminado. Pero en realidad sólo acaba de iniciarse.

Una hora después, un helicóptero nos lleva al aeropuerto. El avión de vuelta ya está preparado, aunque esta vez no hay fans para recibirnos. Los Cosmics están demasiado entretenidos con la retransmisión del incendio de las torres Mori.

Tengo que esperar a que el abuelo, la Menisco y Rebecca se duerman, después de cinco horas de vuelo, para reunirme con mis amigos. Alex y yo nos conectamos a MultiCosmos para que Spoiler también esté presente en la conversación. Nos encontramos en el planeta Beta, donde Amaz∞na no tarda ni un segundo en liberar a Ñiñiñi de su inventario para que corra libre por mi planeta. Después de un montón de pociones y pienso de pelusilla, el mamut-aspiradora vuelve a ser el de antes, y mucho me temo que la elfa-enana no dejará que se despegue de nosotros.

Una vez estamos en lo más alto del torreón, les cuento mi encuentro con Aurora con pelos, píxeles y señales, sin ahorrar ni un detalle.

Es la historia más increíble y peligrosa que han oído en sus cortas pero intensas vidas y necesitan un buen rato para creerme. Se pasan una hora repitiendo «¿En-serio-en-serio-en-serio?» en bucle, hasta que comprenden que no bromearía con algo así. Al menos sin aguantarme la risa.

—Es gravísimo —dice la elfa-enana. Alex está en el asiento de al lado con la misma cara de preocupación—. Tenemos que decírselo a mis madres. Ellas sabrán qué hacer.

—Ni se te ocurra, a menos que quieras ponerlas en peligro. Nadie lo puede saber.

—Pues yo no pienso quedarme de brazos cruzados mientras los Masters completan su plan de dominación mundial, tron —replica Spoiler desde la pantalla. Aurora dijo que los Masters no habían conseguido espiar las conversaciones, así que MultiCosmos sigue siendo seguro... por ahora—. ¿Podemos confiar en Aurora?

—Creo que sí. —Aunque no lo digo muy convencido—. Tengo una idea, aunque no sé si es una locura... Hay una esperanza.

—¿Qué propones? —pregunta Alex, metiéndose un buen montón de M&M's Crispy en la boca. Es lo que tienen los planes de dominación mundial, que te dan unas ganas irresistibles de comer chocolate—. ¿Qué podemos hacer nosotros?

Paso la mano por el bolsillo de mi pantalón para confirmar que el pendrive que me dio Aurora antes de volver a huir sigue ahí. Se supone que contiene toda la información que necesitamos. Les cuento mi idea loca, la misión más temeraria que se le ha ocurrido a nadie jamás... Es arriesgada, peligrosa y emocionante, muy emocionante; pero, sobre todo, nuestra única oportunidad de salvar a la humanidad. Spoiler y Amaz∞na me escuchan con la boca abierta hasta el final.

—Puf. Sólo tenemos trece años, animalito... —suspira la elfa-enana, preocupada.

—Yo sí estoy contigo —se apresura a decir Spoiler, que no se perdería una aventura ni por todas las cosmonedas del mundo.

—¡Yo no he dicho que no me apunte! —protesta Amaz∞na—. Sólo quería decir que es temerario..., pero también puedes contar conmigo. No te vendrá mal la ayuda de la nueva Usuaria Número Uno —añade, guiñándome un ojo con guasa. La elfa-enana todavía no se ha hecho a la idea de que es la nueva líder del ranking. Tendremos que esperar para ver cómo afecta a los planes de los Masters.

Los tres ponemos las manos una encima de otra, en señal de promesa. Hasta Ñiñiñi estira su trompa peluda para apuntarse al grupo.

—Somos un equipo. Mientras nos mantengamos unidos, nadie podrá con nosotros —digo muy serio. Mis amigos asienten convencidos. Con ellos, el viaje no me da tanto miedo. Entonces sonrío—. No sé a vosotros, pero tanto peligro me da una sed que no me puedo aguantar. ¿Hacemos una parada previa en El Emoji Feliz?

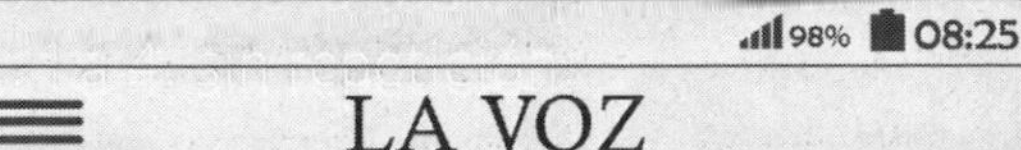

.ıll 98% ▮ 08:25

LA VOZ

PRESIDENTA DE BRASIL ESTRENA LA PRIMERA HOLOPULSERA

La mandataria cuenta con la holopulsera 2.0, sin los errores del prototipo

Las holopulseras ya son una realidad. Mori Inc. ha empezado a comercializar los primeros modelos, después del éxito de los prototipos inspirados en el gadget de MultiCosmos. Estos aparatos cuentan con las mismas funciones que sus versiones virtuales, y esperan sustituir a los teléfonos móviles, tabletas y abrelatas. «Nuestros desarrolladores han trabajado sin descanso para solucionar los errores de la versión de prueba. La holopulsera 2.0 es infalible, su batería se recarga con el movimiento y obedece órdenes mentales —ha informado Hayao Mori, presidente de la compañía, en rueda de prensa—. Hemos vendido un millón de aparatos en las últimas veinticuatro horas y tenemos pedidos para otros diez. Antes de fin de año, habrá más usuarios de holopulseras que de móviles.» Otros famosos que estrenan la holopulsera son el actor Leonardo Chicaprio o la cantante Lady Baba.

Las posibilidades de la conexión mental son infinitas, según los desarrolladores. La holopulsera real se convierte así en el primer aparato comercial que obedece a estímulos cerebrales. Preguntado si la holopulsera podría realizar el canal a la inversa, incluso manipular el pensamiento humano, el señor Mori se ha apresurado a negar los rumores. «Nuestros inventos nacen para mejorar la vida de la gente, para hacer el bien. Nadie debe temer por las holopulseras.» Los especialistas aseguran que es el mayor hito universal desde el descubrimiento de la penicilina, la invención de internet y los vídeos de gatitos.

Alex y yo leemos la noticia en el móvil sin comentar. Últimamente hay noticias de los «avances tecnológicos» de MultiCosmos a diario. Somos de los pocos que no lo celebramos.

—Mi padre quería comprarse una. He tenido que inventarme que dan calambrazos para que cambie de idea.

—Lo mismo con mis madres —reconoce Alex, preocupada—. Y el profe de lengua, y la jefa de la tropa scout, y mis vecinos... Si esta versión puede manipular la mente, la guerra está más cerca de lo que pensábamos.

Guardamos un minuto de silencio. La vuelta a la realidad está siendo más complicada de lo esperado. Ahora conocemos los planes de los Masters, pero tenemos que disimular para que no sospechen de nosotros. Sobre todo porque desde nuestro paso por la CosmicCon hemos perdido el anonimato. Al principio pensé que Alex y yo nos convertiríamos en los alumnos más populares del instituto Nelson Mandela, pero la fama duró exactamente veinte minutos. Enseguida volvieron a llamarnos por nuestros motes, a darnos empujones por el pasillo y a mandarnos un montón de deberes. Tampoco me he librado del examen de recuperación de mates.

Estamos sentados en nuestro banco favorito del parque, justo enfrente del insti. Las clases están a punto de comenzar, pero mi amiga y yo tenemos una misión antes de que suene la campana. Esperamos a que los tres abusones entren en el edificio para ponerla en marcha.

—Objetivo detectado —dice Alex, con sonrisa pícara.

Los tres adolescentes suben por la escalinata del Nelson Mandela. Le dan un codazo a un chico de primero y después tiran de la mochila a dos chicas de tercero, todo sin dejar de reír. Cuando pasan cerca de la profe de biología, le lanzan una bola de papel y salen corriendo antes de que los pille. No le tienen respeto a nada ni a nadie.

Me concentro en el móvil y selecciono la aplicación Dron. De pronto tomo el control del trasto teledirigido, cortesía de Mori Inc. El dron está a mi lado, pero le ordeno que despegue y lo dirijo hasta el instituto. Sobrevuela el parque, cruza el vestíbulo para sorpresa de los alumnos y se cuela por un pasillo lateral. La Menisco mira al dron como si fuese una aparición; no la culpo después de los acontecimientos de las torres Mori. El aparato continúa su ruta y sigue a los tres matones hasta el baño de la primera planta. Gracias al micrófono y la cámara incorporados, podemos ver y oír como están molestando a un par de alumnos mucho más pequeños que ellos.

—¿De qué es ese bocata? —pregunta el matón con cara de iguana—. ¿No me darás un poquito?

—¡Dejadnos en paz! —protestan, pero están acorralados contra un retrete y no tienen opción de huir. Los tres matones son unos cobardes. Jamás la toman con un mayor.

—¿Qué más te da? —El líder les arranca las mochilas y se pone a hurgar dentro de ellas igual que una rata en la basura. Saca un par de bocatas que guarda directamente en los bolsillos—. Así está mejor.

El momento ha llegado. Alex me aprieta el hombro y doy la orden al dron.

—Dejad a esos chicos en paz —digo por el micrófono del móvil.

El dron repite mis palabras con voz deformada. He elegido el filtro «mafioso de Chicago». Los tres matones (y los dos chavales) saltan del susto y flipan al ver un dron flotando en el interior del baño.

—Pero ¿qué...?

—Más te vale dejar de molestar a los demás, ¿vale? —digo a través del dron. Lo miran como si fuese el demonio—. Sólo sois unos idiotas sin personalidad que tienen que molestar a los demás para sentirse importantes.

—¿Quién eres tú? —pregunta el cara-iguana. Está a punto de hacerse pis encima.

—Alguien a quien no quieres conocer —responde Alex, y tenemos que mordernos la muñeca para no soltar una carcajada. El filtro mafioso hace el resto.

Los dos chavales aprovechan la confusión para escapar. Los matones ni siquiera se dan cuenta.

—¿Y qué nos vas a hacer? —pregunta su líder, entre amenazante y asustado. Desde la pantalla del móvil puedo ver cómo tiembla.

—Daros vuestro merecido.

Selecciono la función «pistola» de la aplicación. Los tres deben de estar muertos de miedo al ver que sale un pequeño cañón de la base y los apunta.

Entonces disparo.

Un chorro de caldo de pescado podrido, cortesía del contenedor de las cocinas, los rocía de la cabeza a los pies. Puedo notar el pestazo desde aquí. Están tan asustados que caen de rodillas y esperan a que acabe el castigo sin oponer resistencia. Uno de ellos, el que parece un armario empotrado, gimotea mientras repite: «¡Nunca lo volveré a hacer!». Lección aprendida.

El dron da media vuelta y sale al pasillo sin que nadie lo detenga. Fue un regalo del señor Mori, aunque tuve que arrancar el receptor de señal de satélite para que no supusiese un peligro, igual que con el robot aspiradora. Los tres matones lloran como bebés. Apuesto a que no volverán a molestar a nadie durante una larga temporada.

El [illegible] encaja la evidencia sin decir nada. Menos mal que el abuelo y la Menisco nos han sacado rápido de la sala de ordenadores. Si no llega a ser por ellos, ahora mismo estaríamos fritos y echando humo sobre las butacas.

—¡Tenéis que enfrentaros a las máquinas! ¡Combatidlas como mejor sabéis! El Cerebro es un rival demasiado poderoso para mí, pero no para vosotros, Cosmics. Alejaos de cualquier aparato o cámara conectada a la red: él lo maneja y lo ve todo. Yo mismo estoy escondido en... —El señor Mori se calla de pronto—. ¡Maldición, no os lo puedo decir por aquí! El Cerebro también controla la comunicación de las holopulseras.

—¿Qué podemos hacer? ¿Hay alguna posibilidad de desconectarlo? —le pregunto.

El señor Mori niega con la cabeza, apesadumbrado. Ya nos dijo que el Cerebro es el cerebro artificial más desarrollado del mundo, y yo no sé resolver ni los sudokus más fáciles. De pronto su imagen holográfica mira hacia atrás, como si tuviese un peligro cerca, y continúa en voz baja:

[illegible]

[illegible]

[illegible]

[illegible]